奎文萃珍

明珠記

[明] 陸采 撰

文物出版社

圖書在版編目（CIP）數據

明珠記 / (明) 陸采撰. -- 北京 : 文物出版社, 2022.6
（奎文萃珍 / 鄧占平主編）
ISBN 978-7-5010-7365-8

Ⅰ. ①明… Ⅱ. ①陸… Ⅲ. ①傳奇劇(戲曲) – 劇本 – 中國 – 明代 Ⅳ. ①I237.2

中國版本圖書館CIP數據核字(2022)第010422號

奎文萃珍
明珠記 〔明〕陸采　撰

主　　編：鄧占平
策　　劃：尚論聰　楊麗麗
責任編輯：李子裔
責任印製：張　麗

出版發行：文物出版社
社　　址：北京市東直門内北小街2號樓
郵　　編：100007
網　　址：http://www.wenwu.com
郵　　箱：web@wenwu.com
經　　銷：新華書店
印　　刷：藝堂印刷（天津）有限公司
開　　本：710mm × 1000mm　1/16
印　　張：27.25
版　　次：2022年6月第1版
印　　次：2022年6月第1次印刷
書　　號：ISBN 978-7-5010-7365-8
定　　價：145.00圓

序言

《明珠記》，明傳奇劇本，明正德、嘉靖間戲曲家陸采撰。

陸采（一四九七—一五三七），原名灼，字子玄，號天池、天池山人，别號清痴叟。長洲（今江蘇蘇州）人。與兄陸粲、陸煥自相師友，時稱『三鳳』。少爲校官弟子，不屑爲章句。以例升太學，而累試不第。性豪蕩不羈，日夜與所善客劇飲高歌。好遠游，曾東登泰山，南逾嶺嶠，游武夷諸山。欲往燕趙，而半途病還，不久去世。陸采著傳奇劇本五種，除《明珠記》外，另有《分鞋記》《椒觴記》《存孤記》《懷香記》（前三種已佚）；又改編戲曲《南西厢記》；詩集有《天池山人小稿》，文言志怪小説集《冶城客論》《覽勝紀談》《天池聲雋》，文言笑話集《艾子後語》。

《明珠記》一名《王仙客無雙傳奇》，爲陸采十九歲（即正德十年，一五一五）所作，兄陸粲助其成。清錢謙益《列朝詩集小傳·丁集·陸秀才采》云：『子玄年十九，作《王仙客無雙傳奇》，兄子餘助成之。曲既成，集吴門老教師精音律者，逐腔改定，然後妙選梨園子弟登場教演，期盡善而後出。』劇本共四十三出，叙述唐代書生王仙客和户部尚書劉震之女劉無雙曲折的愛情故事。情節大致爲：王仙客自幼喪父，與母寄居舅父劉震家，與劉女無雙彼此相戀，并訂有婚約。母亡，仙客奉母柩回鄉安葬。終事後，仍寄寓劉府。時涇原節度使姚令言兵變，劉震命仙客載家財先出城，無雙贈以明珠一顆爲信物。亂後，仙客知劉震被誣通賊下獄，妻女没入宫中，侍女采蘋落入金吾將軍王遂中家。仙客謁王遂中，遂中將采蘋許與仙客爲妾，并舉薦他爲富平縣尹。會新帝即位，令宫女打掃陵墓，無雙也在遺列，路經長樂驛館歇宿。時仙客在館任職，與無雙相見。無雙擲下明珠贈言，讓仙客設法找義士古押衙相救。古押衙用靈藥，先使無雙假死，再由舊僕塞鴻領回尸首，使仙客、無雙相見。二人逃往成都，途中與遇赦的劉震夫婦團聚。該劇取材于唐末薛調（八三〇—八七二）的小説《無雙傳》（見《太平廣記》卷四百八十六），而情節與小説稍异，如小説中古押衙自刎以明志，劇本改爲被人所阻。《明珠記》以事奇而豔，世人多稱道之。明梁辰魚《江東白苧》評曰：『攡詞哀怨，遠可方甌越之《琵琶》；吐論嶒嶸，近不讓章丘之《寶劍》。』凌濛初《譚曲雜札》云：『《明珠記》尖俊宛展處，在當時固爲獨勝，非梁、梅輩派頭。』清李調元《雨村曲話》亦贊賞其『其穿插處，頗有巧思』。

《明珠記》現存有萬曆刻本、明刻《寶晋齋明珠記》本、明末吴興閔氏刻朱墨套印本、明末毛氏汲古閣原刻初印本、汲古閣刻《六十種曲》本。吴興閔氏本傳本極稀，正文分五卷，卷前附有《無雙傳》及精美版畫十六幅。版畫爲當時著名畫工王文衡所繪。王文衡，字青城，蘇州人。天啓間吴興閔、凌兩家的書籍插畫多出其手，除了《明珠記》外，另有閔刻《牡丹亭還魂記》，凌刻《琵琶記》《紅拂記》《校正原本紅梨記》等十數種。所繪插畫構圖絶佳，綫條曼妙，尤擅長亭臺樓閣、水波山巒、花草樹木等景物的描摹。兹據閔氏本影印以饗讀者。

編者

二〇二二年三月

童託

無雙傳

唐王仙客者，建中中朝臣劉震之甥也。初仙客父亡，與母同歸外氏。震有女曰無雙，小仙客數歲，皆幼稚，戲弄相狎。震之妻常戲呼仙客爲王郎子。如是者凡數歲，而震奉孀姊及撫仙客尤至。一旦王氏姊疾，且重，召震約曰：我一子之念可知也，恨不見婚宦。無雙端麗聰慧，我深念之。異日無令歸他族。我以仙客爲託，爾誠許我，瞑目無所恨也。震曰，姊宜安靜自頤養，無以他事自撓。其姊竟不痊。仙客護喪歸葬襄郡。服闋，思念身世孤子如此，宜求婚娶以廣後嗣。無雙長成矣。我舅氏豈以位尊官顯而廢舊約邪。于是飾裝抵京師。時震爲尚書租庸使，門館赫奕，冠葢填塞。仙客既覲，致于學舍，弟子爲伍。舅甥之分，依然如故，但宗然不聞選取之議。又於窗隙間窺見無雙，姿質明艷，若神仙中人。仙客發狂，

費在空裡

惟恐姻親之事不諧矣、遂罄囊橐、得錢數百萬、舅氏舅母左右給使、達于廝養、皆厚遺之、又因復設酒饌、中門之内、皆得入之矣、諸表同處、悉敬事之、遇舅母生日、市新奇以獻、雕鏤屏玉、以爲首飾、舅母大喜、又旬日、仙客遣老嫗以求親之事、聞於舅母、舅母曰、是我所願也、理當議其事、又數夕、有青衣告仙客曰、娘子適以親情事言於阿郎、阿郎云、向前亦未許之、模樣云云、恐

家情不割與請雞時尚問喂猪者何以異

是參差也、仙客聞之、心氣俱喪、達旦不寐、恐舅氏之見棄也、然奉事不敢懈怠、一日震趨朝、至日初出、忽然走馬入宅、汗流氣促、惟言鎖却大門、鎖却大門、一家惶駭、不測其由、良久乃言涇原兵士反、姚令言領兵入含元殿、天子出苑北門、百官奔赴行在、我以妻女爲念、畧歸部署、疾召仙客、與我勾當家事、我嫁與爾無雙、仙客聞命、驚喜拜謝、乃裝金銀羅錦二十馱、謂仙客曰、汝易衣服、押領此物出開遠門、覓一深隙店安下、我與汝舅母及無雙出啟夏門、遶城續至、仙客依所教、至日落、城外店中、待久不至、城門自午後扃鎖、南望目斷、遂乘驄秉燭遶城至啟夏門、門亦鎖、守門者不一、持白棓或坐或立、仙客下馬徐問曰、城中有何事如此、又問今日有何人出此門者、曰、朱太尉已作天子、午後有一人重戴、領婦人四五輩、欲出此門、街中人皆識云是租庸使劉尚書門司不敢放出近夜追騎至一時驅向北去也仙客大聲慟哭却歸店三更向盡城門忽開見火炬如晝兵士皆持兵挺刃傳呼斬斫使出城城搜城外朝官仙客捨輜騎驚走歸襄陽村居三年後知克復京闕重經海內無事乃入京訪舅氏消息至新昌南街立馬彷徨之際忽有一人馬前拜熟視之乃舊使蒼頭塞鴻也鴻本王家生其舅常使得力遂留之握

不忘主恩

手垂涕、仙客謂鴻曰、阿舅阿母安不、鴻云、云、並在興化宅、仙客喜極、云我便過街去、鴻云、某已得從良、客戸有一小宅子、販繒爲業、今日已夜、郎君且就客戸一宿、來早同去未晚、遂引至所居、飲饌甚備、至昏黑、乃聞報曰、尚書授僞命官、與夫人皆處極刑、無雙已入掖庭矣、仙客哀寃號絶、感動鄰里、謂鴻曰、四海至廣、舉目無親戚、未知托身之所、又問曰、舊家人誰在、鴻曰、惟無雙所使婢採蘋者、今在金吾將軍王遂中宅、仙客曰、無雙固無見期、得見採蘋、死亦足矣、由是乃刺謁以從侄禮見遂中、具道本末、願納厚價以贖採蘋、遂中深見相知、感其事而許之、仙客稅屋與鴻蘋居、塞鴻每言郎君年漸長、合求官職、悒悒不樂、何以遣時、仙客感其言、以情懇告遂中、遂中薦見仙客於京兆尹李齊運、齊運以仙客前銜爲富平縣尹、知長樂驛、累月忽報有中使押領内家三十人往園陵以備洒掃、宿長樂驛、氈車子十乘下訖、仙客謂塞鴻曰、我聞宮嬪選在掖庭、多是衣冠子女、我恐無雙在焉、汝爲我一窺可乎、鴻曰、宮嬪數千、豈便及無雙、仙客曰、汝但去、人事亦未可定、因令塞鴻爲假驛吏、烹茗于簾外、仍給錢三千、約曰、堅守茗具、毋暫捨去、忽有所覩、卽疾報來、塞鴻唯唯而去、宮人悉在簾下、不可得見之、但夜語諠譁而已、至夜

両邊俱有關情處

深羣動皆息塞鴻滌器構火不敢輙寐忽聞簾
下語曰塞鴻塞鴻汝爭得知我在此也郎健否
言訖嗚咽、塞鴻曰、郎君見知此驛、今日疑娘子
在此、令塞鴻問候、又曰、我不久語、明日我去後、
汝於東北舍閤子中紫褥下、取書送郎君、言訖
便去、忽聞簾下極鬧云、內家中惡、中使索湯藥
甚急、乃無雙也、塞鴻疾告仙客、仙客驚曰、我何
得一見、塞鴻曰、令方修渭橋、郎君可假作理橋

妙算

有心人難知
有心人尤難得

官車子過橋時近車子立無雙若認得必開簾子當得瞥見耳仙客如其言至第三車子果開簾子見眞無雙也仙客悲感怨慕不勝其情乃塞鴻於閤子中褥下得書送仙客花牋五幅皆無雙眞蹟詞理哀切叙述周盡仙客覽之茹恨涕下自此永訣矣其書後云常見敕使說富平縣古押衙人間有心人今能求之否仙客遂申府請解驛務歸本官遂尋訪古押衙閒居于村

先窺着了

只得耐心守

墅、仙客造謁見古生、生所願、必力致之、繪綵瑤
玉之贈、不可勝紀、一年未敢口、秩滿閒居于縣、
古生忽來謂仙客曰、洪一武夫年且老、何所用、
郎君於某竭分、察郎君之意、將有求於老夫、老
夫乃一片有心人也、感郎君之深恩、願粉身以
荅効、仙客泣拜以實告古生、古生仰天以手拍
腦數四曰、此事大不易、然與郎君試求、不可朝
夕便埋、仙客拜曰、但生前得見、豈敢以遲晚爲

恨邪半歲無消息一日扣門乃古生送書書云
茅山使者廻且來此仙客奔馬見古生生乃無
一言又啟使者復云殺却也且吃茶夜深謂仙
客曰宅中有女家人識無雙否仙客以採蘋對
仙客立取而至古生端相且笑且喜云借留三
五日郎君且歸後累日忽傳語說曰有高品過
處置園陵宫人仙客心甚異之令塞鴻探所殺
者乃無雙也仙客號哭乃歎曰本望古生今死

矣、爲之柰何、流涕𢼣欷、不能自巳、是夕更深聞叩門甚急、及開門、乃古生也、領一篼子入、謂仙客曰、此無雙也、今死矣、心頭微煖、後日當活、微濯湯藥、切須靜密、言訖、仙客抱入閤子中、獨守之、至明遍體有煖氣、見仙客哭一聲、遂絕、救療至夜方愈、古生又曰、暫借塞鴻、於生後掘一坑、坑稍深、抽刀斷塞鴻頭于坑中、仙客驚怕、古生曰、郎君莫怕、今日報郎君恩足矣、此日茅山道

古生真荆聶之流後世自

士有藥術、其藥服之者立死、三日却活、某使人專求得一丸、昨令採蘋假作中使、以無雙逆黨賜此藥、令自盡、至陵下、托以親故、百縑贖其尸、凡道路郵傳、皆厚賂矣、必免漏洩、茅山使者及舁篼人、在野外處置訖、老夫爲郎君亦自刎、郎君不得更居此門、外有擔子一十人、馬五匹、絹三百匹、五更挈無雙便發、變姓名浪跡以避禍、言訖舉刃、仙客救之、頭已落矣、遂并尸蓋覆訖、

矜為俠客者不許夢見

未明發、歷西蜀下峽、寓居于渚宮、悄不聞京兆之耗、乃挈家歸襄郡別業、與無雙偕老矣、男女成羣、噫、人生之契濶會合多矣。罕有若此之奇。常謂古今所無。無雙遭亂世籍没。而仙客之志。死而不奪。卒遇古生之奇法取之。寃死者十餘人。艱難走竄。其後歸故鄉。爲夫婦五十年。何其異哉。

明珠記圖
由房

闺叹

明珠記圖
二
送愁

驚破

趕駕

宫怨

明珠記圖

四

郵迎

煎茶

會橋

訪俠

僞勅

珠贖

聞赦
青天白日

珠雙

相逢

明珠記目錄

第八齣　閨嘆
第九齣　拒奸
第十齣　送愁
第十一齣　激亂
第十二齣　驚破
第十三齣　趕駕
第十四齣　閉關
第十五齣　鴻逸

明珠記卷一

第一齣　統領　末上

聖無憂人世歡娛少，眼前光景流星，青春不樂空頭白，老大損風情，幺喜遇心閒意美，更逢日麗花明，主人情重須沉醉，莫放酒盃停。

南歌子清新樂府唱，堪聽，遏雲行，鳳鸞鳴，宮怨閨愁，就裏訴分明，掩過西廂花月色，又撥斷琵琶聲，幺佳人才子古難并，苦離分，巧完成，離合

悲歡、只在眼前生、四座知音須拱聽、歌正好、酒頻傾、

望海潮 王郎奇俊、無雙嬌媚、相逢未遂婚盟、涇卒揮戈、尚書羈紲、多才脫悉襄城、賊滅早還京、恨奸謀屈陷、幾處伶俜、偶逢族叔、求官贈妾結深情、么驛中錦字叮嚀、向渭橋暫見、淚雨交傾、烈士相憐、靈丹暗買、採蘋扮作男形、假詔到園陵、把佳人酖死、贖出重生、分珠再合、一家完聚

受恩榮〔云云下〕

劉尚書遇亂遭奸計　古押衙假作偷花使

無雙女死後得重生　王仙客兩贈明珠記

第二齣〔赴京〕　〔生扮王仙客上〕

〔破齊陣引〕清白先人家法，金貂累代傳榮，雅志超羣，詩名滿世，爭奈高才未騁，孤身自浪浮雲跡，四海誰懷國士情，咳長歌上帝京。

〔臧字木蘭花〕風雲未偶，心懸日月空回首，騏驥埋塵，得志駑駘也笑人。椿萱零落，空悲風木；應難作，鸞鳳無依，揀盡寒枝不肯棲。小生累代遺芳，一經傳業，擅六書之精，當得羲獻北面；掇三史之秀，可與遷固比肩。五車讀就，敢誇萬卷在心胷；八韻賦成，却笑十年躭筆硯。未受九重明詔，空懷四海蒼生。不讓他吳門二俊擅文名，肯學那竹林七賢耽醉飲。王仙客本貫襄陽鄧州人氏，先朝諫議大夫王

公之子當朝戶部尚書劉震之甥不幸早年
喪父賴母舅迎養老母看覷成人舅舅有一
女名曰無雙年紀小俺三歲自幼兒同學相
戲舅母喜歡常時對小生說待你長成把無
雙與你爲妻母親臨死之時要求婚配是母
舅親口許下只因小生扶柩歸鄉不曾成禮
郎今三年服滿明年是建中皇帝大比之年
小生待上京師應試順便到劉家求親昨日

分付安童塞鴻收拾行李未知完備麽塞鴻

那里【末扮塞鴻上】

【西江月】門戶年來冷落郎君日下崢嶸蕭然琹劍照人清笑指長安馳騁【生】遊子偏懷故國僕夫反樂長征【合】莫辭辛苦上瑤京會看風雲一逞

【生】塞鴻行李完備了麽【末】覆官人錦囊盛七弦焦尾瑤鞘挂三尺龍泉馬似雲飛車如電

芳韻襲人

轉俱已擺列門外天道暄熱請官人早行生

正是暫辭舊國遊京國便出襄陽訪渭陽生

朝元令風回楚城五月黃梅景烟浮帝京千里紅塵永自挈圖書遠辭鄉井末官人此去先到

劉相公府中生重念渭陽恩幸欲敘平生南風。細。吹。雙。轂。輕。裊。裊。柳。條。青。依。依。遊。子。情。合迢。遞。華。省。空。凝。望。楚。天。雲。冷。末

前腔才子名高鄢郢風流葢世情文采照三京

寫征迷之狀如在目前

試問時流有誰堪並生功名之事未知如何末
莫向蓬蒿延頸有日飛騰摶風兩翅九萬程重
振舊家聲依然故里榮合前生
前腔斜日柘林風靜征人汗滿纓田父正躬耕
對此艱難迷心重醒末當此炎天公子王孫多
少會受用怎知征人辛苦生何處凉亭酩酊
散髮層冰人生總爲名利縈瀟洒羨嚴陵滄江
弄釣罾合前末

淡中繪景如鮮花着雨

按候徵歌句句景中情至語轉摺處更見作者苦心

【前腔】縹緲紅雲墜影，荆山暑氣清，斜日樓花明，舉日黃沙悶人時景。【生】那山頭上是猿啼麽。【末】何處猿啼深嶺，腸斷三聲，回頭故鄉初一程，緩轡話離情，淒淒芳草生。【合前】

【生】下馬停車日已斜　【末】故鄉回首碧雲遮

【合】離愁最是關心處　風葉蕭蕭噪暝鴉

第三齣　【酬節】

【外扮劉尚書上】

【念奴嬌】罷朝初下，未央宮，候吏朱衣前擁，滿袖

臺閣氣象自是莊嚴富貴

天香歸甲第、夾道綠槐陰重、日上鰕須、風裊龍涎、別院笙歌哄、大平歡宴、仰荷一人恩寵、

踏沙行

紫閣垂勲、黃金横帶、人生富貴誰堪比、八方無事且爲歡、一年好景君須記、美酒繁弦、海榴池蓮、芭蕉葉展青鸞尾、金盃角黍送流年、伴他兒女花前醉、自家學貫天人、資兼文武、敢竭孤忠報主、惟將正色立朝、官階已占六曹中、名位早登三事列、運北斗之樞

機統尊列宿作九天之喉舌職亞三公忠不忘乎一飯誰言錦幪幔天貨必足於四方要使青錢流地正是關節一毫無地入公廉兩字只天知下官劉震官拜戸部尚書租庸使夫人崔氏小女無雙老年無子痛太玄之失傳弱息知書幸中郎之有託且喜今日是五月端午早上分付院子安排筵席與夫人小姐同賞佳節不知完備未曾院子那里[末]聽

描寫端陽景語亦不泛

上一呼階下百喏覆相公有何鈞旨外我着你安排筵席在後花園水亭上完備了麼末覆相公完備已多時了外怎見得末但見池館清幽風光瀟灑器列象州之古玩簾開合浦之明珠水晶盤羊角粽輕開錦束玉生輝琥珀酒琉璃鍾未解黃封香滿座石洞假山清泉細細碧梧蒼竹疎影離離走動的是朱衣堂吏人人頭帶赤靈符吹彈的是紅粉佳

下語有致

人箇箇手擎長命縷金雀斜簪墮馬髻畫船齊唱採菱歌端的好筵席【外】既然完備請夫人小姐出來【末】遥傳黃閣命去請畫堂仙【下】

【夫扮夫人上】

花心動 年老心閒對日長只把貝經翻誦【旦扮無雙上】睡足花臺浴罷蘭湯金蓮步出房櫳【貼扮採蘋上】喜逢佳節風光好正滿園梧竹陰濃【合】向水亭瓜果玉盃傳送【相見科】

曲俱切景不雜一字作家

菩薩蠻外緑楊裊裊垂絲碧海榴點點燕脂赤夫兩兩亂鶯啼瑯瑯梧竹齊旦微微風動慢惻惻涼侵扇合處處遇端陽家家共舉觴天相公喚俺母子出來有何事幹外夫人當此太平之日下官備一盃淡酒與你同賞佳節旦採蘋將酒過來合萬兩黃金未爲貴一家安樂值錢多外揖酹酒上

畫眉序金卮泛蒲緑撫景停卮感心曲歎千年

竹家

湘水此日沈玉名未泯角黍空傳人去遠招冤誰續合大家酩酊酬佳節莫負太平風俗夫

前腔新篁展修綠玳瑁筵開畫欄曲看座排氷島篇傳蓮玉見滿眼虎艾爭鮮正西苑龍舟相續合前旦

百囀黄鶯

前腔修眉遠山綠粉汗流香浸眉曲自持觴勸酒皓腕露玉願白頭長享天年結綵線不須人續合前貼

采色絢然

家宴慶轉到民事上去是忠臣肺腸亦是丈心变換

【前腔】輕盈舞裙綠、獨抱琵琶度新曲、漸髻偏金鳳、釵橫紫玉、掠紈扇乳燕飛來、亂急管新蟬相續。【合前】【外】

【滴溜子】你道是、你道是、侯門風味不俗、又誰知、又誰知、閭閻幾多不足、日宴未炊饘粥、可惜尊前白苧歌、總是蒼生哭、但願君心化作光明蠟燭。【天】

【鮑老催】繁華輦轂、人人齊唱昇平曲、家家都泛菖蒲粟休眉皺且放懷消清福人生百歲歡不足休把愁心惱弦管頻開笑口傾醽醁【旦】【滴滴金】上林筍膾茸如肉南海氷鱗氣猶馥玉槃犀筯寒生指晝堂中新酒熟琢羞溢目嬌歌艷舞相催促相催促休教日近青山麓【貼】【鮑老催】香風亂撲顛狂粉拍穿金粟高低玉剪飛華屋把瑇瑁近鳴泉臨喬木生綃扇兒休揮觸清風自有涼亭竹風來也鬟簌簌【合】

結句有味便覺多少波瀾

摹情寫景曲曲逼真

【雙聲子】弄潮罷弄潮罷何處蘭舟逐採菱歸採菱歸兩岸芙蓉綠日已暮日已暮歡未足歡未足看月明扶醉夜凉新浴

【尾】酒剩花殘下金谷月白風清歸去促可惜明朝又初六

【外】侯家庭院好風光 【夫】骨肉傳盃笑滿堂

【旦】但願太平常會面 【合】年年此日賞端陽

第四齣 【採親】

【生上】

宛似離鄉情緒凄楚不堪多讀

玉漏遲辭家浪遊歎山勞匹馬水怯孤舟紅樓香中一聲越鳥添愁回首故園池館清風蕭没人消受公名成否先自將人憔瘦末上

逼真旅底光景

前腔風塵奔走歎肩挑琴劍汗透征裘綠柳陰中小姬喚客鑪頭正值馬疲人倦無由得解鞍沽酒生婚成否先覺春心暗透

生迤邐行來不覺早到京師也末官人你看京師好景致生怎見得末只見六街車馬三

明珠記卷一　十

當年長安景象

市人烟、慈恩寺金刹參天、灞陵橋垂楊拂地、花簇簇三百六十行買賣、錦重重十萬八千户人家、朱樓綉檻、有十里香風水閣凉亭、没半星暑氣、酒肆中賣的、是蓮花白竹葉清、都解金龜同一醉、勾欄内坐的、是李端端蘇小小、笑歌新曲解留人、金章紫綬、達官貴戚去朝天、白狗蒼鷹、公子王孫來打獵、入柱巍峩標玉闕、五雲繚繞擁王居、果然好景致、[生]此

去劉家多少路、【末】兀、那里是劉相公府前也

【生】

【賺】千里襄流、冐暑携書上帝州、龍城暮遥看宮闕紅霞覆、且淹留、訪恩盟、重叙當年舊、【末】暫向垂楊繫紫騮、拂拭征衣垢、朱門十丈蟠雙獸【合】試將輕扣。【夫上】

【前腔】相府深幽、何處兒郎敢逕投、分明看、原來年少吾家秀、【生拜夫】慰離憂、比別時精采渾如

舊、【生】三載南中望斗牛、遥想恩光厚、【合】弛裴共話違離久、乍消清晝、

【夫】孩兒、三年不見、這般長成了、此來爲求科舉麽、【生】小生有兩件事、一者爲取功名、二者不敢說、【夫】但說不妨、【末】官人要求小姐的親事、【夫笑】原來如此、這事是老身說起、又是你母親遺命、都在我身上、好歹教你成就、【生】全靠舅娘攛掇、【夫】舅舅早回來也、【外上】

激昂語得體

絳都春序官高祿厚。見豺狼當道。怎生罷休。猛判抑碎金階首。從教洗淨朝班垢。怎容他奸謀成就。夫親情邂逅。請寬懷抱。放下閒愁。相見科

生拜科

前腔遠來相候。合歡欣。怎生反皺眉頭。末想東人衣冠禮貌多疎漏。夫莫非老妾逢迎後有緣由。望君明剖。外朝綱大事。區區兒女。何必追求。

夫相公甥舅相逢。合當喜歡。怎生雙眉倒竪

丈夫氣槩

怒氣冲天[外]夫人賢甥遠來我豈不喜爭柰丞相盧杞奸邪不忠人皆號爲藍面鬼下官適來入朝再四奏他奸惡乞將梟首示衆聖天子不從因此煩惱[夫]相公你官非御史職非諫議管這閒事怎的[外]下官受朝廷厚恩那一件不該說[生]只一件盧杞這厮最能害人只怕舅舅反遭毒手[外]這箇我也顧不得了[末]甥舅相逢閒話且休題[夫]正說得是請

孩兒到水閣上三盃洗塵。外左右，將酒過來。

外把盞唱

皂角兒念荆花早年失偶，喜芝蘭這回重茂。仔細看，舉止端詳，分明似母親趨走。惟願你向書窓，攻筆硯，取科名，揚姓字，光輝伊舅。合親情別久，且同盃酒，凉亭瓜果，論心叙舊。

前腔看孩提短髮覆首，又長身聰明俊秀。笑瑩瑩出語温恭，意孜孜慇懃問候。多謝你渡三襄

自誇

煞句收拾得住有萬鈞之力

涉萬里、冒炎蒸、衝瘴厲、遠來生受、〔合前〕〔生〕

〔前腔〕念孩兒孤貧落後、謝妗舅提携成就、恨十年寂寞寒窗、知何日經綸展手、試看我萬言書、八韻賦、獻金門、朝玉殿、獨占鰲頭、〔合前〕〔末〕

〔前腔〕念小人裏中奔走、長只想長安花柳、喜今日得遂初心、又感戴恩官意厚、惟願他受君恩、食天祿、利名成、婚姻遂、帶挈風流、〔合前〕

〔外〕孩兒、科場未到、且在俺府中、攻習經史何

刻畫盧杞奸邪肺肝如覩

如[生]多謝舅舅[夫]塞鴻收拾行李入西書院去來[末]領鈞旨

[外]一旦悲歡見魏舒[夫]風流猶是昔年餘

[生]科場敢負先人業[合]客邸須看舅氏書

第五齣 [奸謀]

[争扮盧杞上]

[番卜算]名位廟堂尊掌握乾坤運鵾鵬奮翼逞風雲不奈烏鳶哂

[笑科]自家不是别人盧丞相的便是幸然遭

際聖明端的恩寵無二一味甜言直教天子點頭半腔歹意驚得百官心碎斷公事只是私心決民情全憑勢利拽扎起溫元帥面皮猛放着閻羅王威勢不平不直的秤鈎肚腸半青半紫的染皂心地不要長鎗大劍真箇殺人手段高強生得利齒伶牙端的吃人腦髓不恕諸王公見我低頭衆文武誰敢出氣生前得逞雄豪死後猶然得意[內云]怎的得

地獄正爲此
八設

意【爭笑】若不去三家村中做牛便罰去十八層地獄受罪下官盧杞欽承聖恩官拜平章政事百僚趨承恐後爭柰戶部尚書劉震這厮索強前日彈我欺君誤國要將梟首示衆好笑下官得何罪過受此極刑眉頭一慼計上心來我有故人名爲王遂中見做金吾衛大將軍重許陞賞着他黃夜刺殺這厮有何難哉左右那里【末上】堂上雙呼字階前應一

聲、霞相公有何鈞旨、淨你去請金吾王將軍過來、末諾轉過金梁橋、來到修竹里、此處王家府前了、王將軍有請、丑上

上林春武勇從來四海聞、掌官軍、九重親近、相見科淨金吾請坐、丑恩相在上、下官怎敢、淨請坐、有話相告、左右的廻避、末天上人間、方便第一、下淨金吾、你起手是甚麼官、丑小官金吾衛小校淨如今是甚麼官、丑金吾衛

大將軍、[淨]怎的驟陞到此[丑]賴恩相提拔、[淨]你既知恩報恩、下官有一事託你一幹、[丑]伏聽使令、[淨]尚書劉震、平素和俺無讐、近日奏過官家要將下官梟首示衆、幸賴聖明、不聽他說、你道情理也不情理、[丑]端的無狀、[淨]俺待奏聞朝廷、把他黜退、也不甚難、只是消不得胸中一點不平之氣、欲使一人刺殺這厮、滿朝看來只有你膽勇、你敢去得麼[丑]背[云]

此處先埋伏古押衙妙甚

這殺人事非通小可不去恐丞相見怪罷罷〔丑云〕下官雖然愚勇只有汗馬上本事這刺客手段却做不得下官有一故人心如聶政謀比荊軻姓古名洪見做羽林衛押衙之職幼年曾爲父報仇殺人又以奇計得免若用此人無有不成〔淨〕我也素聞古押衙之名快去糾合他來事成之日賞賜千金拜官三級〔丑〕事不宜遲下官明早就去〔淨〕金吾不要洩

漏天機、[丑]下官怎敢、[淨]

[瑣窓郎]俺威權海內稱尊、怪不逞、犯逆鱗、須當快意、斬草除根、此行機密、用心防慎、[合]若得他一朝消盡、胷中恨、千金賞、不須吝、[丑]

[前腔]他平白地、惹起灾迍、趁猛火、自燒身、報讐烈士、都下名聞、此行唾手管教隨順、[合前]

[淨]堪嘆〻命徒、　[丑]好似撲燈蛾、

[合]恨小非君子、　無毒不丈夫、

寫情寫景都有餘妍不獨秀麗更自切景堪與會真並駕

第六齣 【面房】 【旦】扮無雙上

【臨江山】蟬吟蚊靜人初起朝霞掩映庭墀【貼】扮【採蘋上】乘凉試捲絳綃衣【合】風前開翠欞窓下綉花枝

【集句】【旦】綠樹陰濃夏日長【貼】珎珠簾箔掩蘭堂【合】繡牀斜凭嬌無柰燒盡金鑪百合香【旦】採蘋連日暄熱不曾和你做生活今早天氣微凉好做些針指跕姐姐奴把綉絨花様牙

工緻不减初唐

尺剪刀都擺在石卓兒上、請姐姐坐地、【旦】

【賞宮花】東方尚低微、凉入絳幃、梧月餘殘影花露未全晞、【貼】有意只盤金鳳綫、無心去聽乳鴉啼、

【生上】未遂東牀志、先窺綺閣人、小生爲親事而來、爭柰舅舅全然不提起、未知成敗若何、小姐又不能勾厮見、好生納悶、今日打聽得小姐臥房在畫閣兒下、只做不知、一直撞入

去、飽看一回、多少是好、[生]

[師子序]悄步香閣西行、傍紗窗試一窺、只見一庭兒花木、別是幽奇、[張科]元來小姐和侍兒做生活哩、只見兩兩紅粧相對、看他玉肌香雲鬢薄、春纖嫩、笑拈針指、低低偷眼、隱隱蛾眉、[旦]

[降黃龍]金剪輕攜、手把鮫綃、巧裁新製、金針下處、繡鴛鴦並戲蓮漪、[貼]香閨重門深閉、似嬌花繡幙紅圍、不許他狂蜂斜睨、粉蝶輕窺、[生]

何等情思

醉字有韻

堪疑句妙

【前腔】鍼兒引線休遲、願效鴛鴦與伊戲水鮫綃
莫剪、怕剪斷兩下牽絲、痴迷他含情無意怎知
道人在窗西、正是那花心未拆、蜂蝶先知、【旦】
【前腔】長吁、汗透香肌、日上庭梧頓添煩暑斂橫
鬟墜、綉停鍼、紈扇頻揮、【貼】須知、炎蒸堪畏荷亭
畔剩有涼颸、只爲那閨門禮法、懶去閒嬉、【生】
【前腔】炎威、炙損嬌姿、怎如和我涼亭共戲醉荷
風碧簟相依、你那一聲長嘆、呵、堪疑芳心何處、

路迷句好

莫不是想着佳期、休長嘆、佳期咫尺就結于飛、

〔旦〕採蘋、是誰在窗下、

〔衮遍〕誰來繡户窺怵、啟紗窗覷、〔貼〕却是王家哥哥、爲何到此、奇俊王郎到此緣何事〔生〕在老夫人處問安、錯走了路、到這里、上堂咨啟花底、路迷、問仙娥、肯容人到月宮裡、

〔旦〕採蘋、你和他說、這是我臥房、外人不得至此、〔旦〕

不合說到此

[前腔]中堂多禁忌不許閒人至年少無知就裏藏奸意[貼]這是小姐的臥房老夫人處問安不打從這里去[生]小姐忒薄情也我是東床嬌壻把做外人厮覷便留住繡房中誰說你[旦]快出去老夫人知道不好意思[生]小生也要出去爭柰不認得路[貼]哥哥我送你出去[生]不要送出去只要你送進去[貼]胡說老夫人來也[夫上][生]雙手擘開生死路一身跳出

是非門、【下】【夫】乘凉課兒女、病暑步池亭、老身這幾日天熱不曾到女孩兒房中、今日須索去看他做生活、【相見科】【夫】孩兒做甚麼、【旦】孩兒見天色微凉、與採蘋做些針指、【夫】好好、我兒、你生於富貴、正要習些勞苦、他日好去人家做新婦、【旦】多謝母親教訓【夫】日已將中、天道漸熱、暫歇一餉、隨我去來【夫】莫倚富豪門、【旦】須知習苦辛、【合】成人不自在、自在不成人、

【下生上】無端枝上黃鶯噪驚散花心粉蝶飛小生方纔大胆走入小姐臥房見他正與侍兒做生活果然生得好但見幽姿絕世嬌艷驚人渾如膩粉捏成便是畫工難寫滴溜溜鳳眼朦朧勾引人魂無定曲彎彎蛾眉澹掃巧傳心事多般輕盈笑靨低頭微哂有餘情裊娜腰肢叉手抱來無一捻津津檀口生憎酷暑嬌吁脉脉冰肌可怪清凉無汗幾句嬌

發揮無雙二字直為傳神

嫩聲音分明似金籠裏學語雛鸚鵡一點聰明性格合喚做綉榜上風流女狀元脚上鞋兒三四寸步步生蓮鬢邊釵子十二行雙雙舞鳳恍疑金菊對芙蓉却是笑倚侍兒肩上忽地梨花籠淡月元來嬌臨玉鏡臺前傍人私語細細口脂香憑欄閒行珊珊雜珮响作賦吟詩人人盡說蔡文姬的再世描鸞刺鳳箇箇皆稱薛夜來的神鍼石榴陰畔似蕋宮

仙子、楊州兩兩玩瓊花、菡萏沼邊、如洛浦佳人、水上盈盈步羅襪、只疑他麻姑有緣過蔡經偶然留鶴駕、莫不是雙成無賴惱王母、暫謫下塵寰、可惜花朝月夕何時同醉合歡盃、恨無玉管鸞笙、與尔同乘雙鳳去、但望高堂成事、與伊綉帶結同心、仔細思量、小生的稱揚有盡、小姐的嬌媚無窮、若得與共枕半宵、也不枉爲人一世、正待和他說些知心話兒、

逸趣如雲際飛鳥態輕意遠

無限情思有悠然之致

那不做美的夫人撞將來、好悶人也呵、【生】

【皂羅袍】誤入桃源洞裏、見香香深處、裊裊仙姿嬌羞終是女孩兒、隔窗掩過香羅袂、嚶嚶小語、問郎路迷、低低微笑、勸郎早歸、莫不是人前巧做出猜嫌計、【生】

【前腔】正好粘花惹絮、怪東風無意、吹散芳菲春光一去杳無期、陽臺望斷人千里、歸來如醉餘香滿衣支頤坐想、芳心暗飛、恍聞耳畔嬌聲細

紗窗深處見卿卿、隱約香肌百媚生、

好似淡雲籠月色、嫦娥態度不分明、

讀來便覺欲真

明珠記卷二

第七齣 郄婚

外上

似娘兒 松栢古心存、嗟玉樹寂寞無人、蘭心蕙性閨房潤、雀屏欲啟、鸞儔未偶、閒中慢自評論、

事不關心、關心者亂、下官六十餘歲、止有一女、名曰無雙、年紀長成、不曾許嫁、我意欲招一佳婿在門、只沒有一個門當戶對的、且等夫人出來、與他商議、夫上

【風馬兒】女貌郎才請東君早成佳配、

【相見科】【外】夫人、古者十六而笄、二十而嫁、女孩兒年登二八、正當其時、前日多少公子王孫求聘、只爲沒箇中意的、今日想起來、咱和你年紀高大、這事不可不早定、【夫】相公不問、老身不敢多言、昔日外甥王仙客在門下、自小兒聰明、與女孩兒年相若、貌相似、我曾許他爲配、他母親病篤之日、又是你親口許下、

況兼此子學問不凡、人才出衆、妾意欲成就
前言、相公意下若何、〔外〕夫人差矣、仙客乃先
姐之子、與女孩兒中表兄妹、於分有妨、怎生
成得伉儷、〔夫〕妾聞中表無服、可以成親、昔溫
太眞娶其姑之女、下玉鏡臺爲聘、至今以爲
美談、相公昔日許下、今日何出此言、〔外〕當初
先姐病篤、苦求此事、我只回他說、你自調養
病軀、也不曾許他、今日斷然不可、〔夫〕相公聽

真切不浮酷肖

老身說、[夫][金索掛梧桐]心知宅相賢、早許東牀選、熱面應承、冷語令更變、丈夫然諾重如山、暗室私心鬼神見、休言閨閣無人聽、只恐閨闈有話傳、休辭辨、勸君肯首、莫負燎鬚言、[合]想婚姻都是前緣慢勞你爭長短、[外]

[前腔]當年姊病纏、爲子求姻眷、仔細沉吟、此事非吾願、當時只把病人寬、那肯輕將語言騙不

曾媒妁期千萬何必慇懃強再三、休胡亂的親中表怎結百年歡、［合前］

［夫］莫將盟約等閒乖、［外］只怕婚姻未必諧、

［合］萬事不由人計較、一生都是命安排、

第八齣 ［閨歎］ ［旦扮無雙上］

［祝英臺近］豆花風、梅子雨、醞釀晚涼淺、罷綉停針、長日正人倦、［貼扮採蘋上］乍堪象簟侵肌、皴綃映肉、初睡起、微微香喘、

卜算子【旦】睡起玉肌凉、人静重門閉、永日深閨寂寞愁、暗滴珍珠淚、【貼】風弄芰荷香、雨洗梧桐翠、且向池亭玩物華、莫把眉兒聚、【旦】採蘋寂寞閨門昏、沉暑熱、真箇好悶人、天氣、【貼】姐姐、池館清涼、風光瀟洒、我和你受用不盡、有甚麼煩惱、【旦】你怎知我有煩惱處、【貼】姐姐、毎常間見你歡天喜地、今日眉頭不展、面帶憂容、爲着甚麼、【旦】我心上有事、你休纏人、【貼】

景中情

姐姐你心上不快、和你到後花園池亭上耍去、[旦]也罷、[行介]

[祝英臺]月眉攢雲袖嚲、低首損春妍、粧罷層樓步入閒亭、風約綉幃香捲、[貼]姐姐、你看池裏荷花都開了、[旦]羞看、藕花開得雙頭、只怕秋風吹散、悶對景、冷落碧梧池館、[貼]

[前腔]瀟散向涼亭、臨曲沼瓜果薦新鮮、閣對秦山簾展湘波、侍女頻揮紈扇、[旦]你不知我心上

只好與梅香私語

自有不足處，則無端僥門受用豪華，却把雙蛾愁斂。日斜也何事不忺茶飯。

旦揉蘋，你兀自不理會。貼姐姐，端的有甚事？說與妾身知道。旦歎科但說不妨。旦這事不是俺女孩兒家說的，罷罷，你是我心腹之人，和你說。昔日王解元從小兒在我家長成，老夫人愛他，只說招他爲壻，姑娘臨危之際，老相公親口許了，今日王解元到來，老夫人說起此事。爹爹把前言偃過。只推不曾教人如何不悶。貼元來恁的。姐姐老相公既然不肯成就。只索順從他。沒來由煩惱甚麼。旦父命我豈不從。但婚姻一言爲定。女子從一而終。姑娘在日。便許了他。今日人亡事變。却悔賴他的。爹爹官居臺閣。須被外人恥笑。貼姐姐。世間多少貴公子。美少年。任從老相公許了一個。何必留戀這個窮措大。旦你說那里話。

【前腔】堪歎事多磨人間阻就裏淚偷彈天日深
盟風月芳期一旦雨覆雲翻【貼】這親事又不曾
受他茶禮便退了也不妨【旦】休言縱無六禮
雙羊柰一言難變便死也寃與檀郎爲伴【貼】
【前腔】姻緣本天生非人意煩惱也徒然老相公
呵愛惜嬌娃別選豪門肯顧一句虛言休偏
五陵年少如雲枉把貧儒留戀從親命且自逍
遥排遣【旦】

【前腔】心堅守松筠甘氷蘗寤寐栢舟篇爹爹呵你把連理分開並蒂摧殘只怕女蘿纏綿【貼】姐姐見說王解元家寒若嫁了他須索受些凄楚【旦】不怨從教受凍擔饑怎肯嫌寒就煖我彩鳳羞與凡雞作伴【貼】

【前腔】堪憐守前言敦舊約真箇女流難不負才郎恐背嚴親一點真心百鍊【旦】你才知我的心事【貼】惟願高堂意轉心回綉閣花開月滿那

詩好

形容古押衙處實有英雄氣色

時候偕老雙雙歡宴

【貼】謝科賤妾不知姐姐這般貞性一時唐突了【旦】且不要和別人說

【旦】莫打南來鴈【貼】從他作伴歸

【合】打時雙打取　休遣兩分飛

第九齣　【拒奸】

【小外扮古押衙上】

【高陽臺引】近侍龍顏長隨豹尾朝朝螭陛持戟

暫賜餘閒高情懶去遊逸金魚乍解還家樂掩

竹扉車馬無迹，捲征袍臥看黃卷自消白日。

老夫姓古名洪，本貫京師富平人也。自小武藝精通，豪俠好義。昔日爲父報仇，殺人於都市之中，又用奇計脫逃，得免其死。如今年近六旬，見做羽林衛押衙之職。京師人都喚我做古押衙。今日罷朝，閉門高臥，不免取一卷古書看來消遣。正是暫拋虎略龍韜，且玩螢囊蠹簡。【看書科】【丑上】

前腔奉恩官鈞旨機密、特來求訪十年相識、若遂良圖、兩人富貴不失、外忽聞剝啄柴門扣、整衣冠下堂延客、合正清閒相過談笑、頓消岑寂、相見科小外金吾因甚光降、丑下官多時不曾拜謁、今日特來、小外必有緣故、丑背云且住、不要直說、且把幾句話兒打動他、丑小子沒甚事、今日放假在家、閒坐不過、特與老兄談論一番小外最好、丑不知押衙在此看甚

都有意義

麽書小外老夫看的是左氏春秋丑那左傳上有一箇鉏麑可謂義士小外笑將軍何以見得他義處丑晋靈公惡趙盾强諫遣刺客鉏麑刺之鉏麑見趙盾是正人不忍下手就觸槐而死世上誰人不怕死鉏麑爲忠義上視死如歸豈不是箇義士小外將軍差矣大凡刺客要識人心以趙盾之賢晋侯無道誰不知之鉏麑不與他去便了直待臨下手時

方才知道可不枉了一死【丑】

【高陽臺序】乍感丹心潛收白刃肯把忠良殘賊義烈忘身英名至今如昔【小外】愚客平生不識人邪正到其間悔之無及死孤槐空爲怨鬼有誰憐惜

【丑】鉏麑既非義士那史記上有一荊軻可謂義士【小外】笑金吾何以見他義處【丑】燕太子丹與秦王有隙使荊軻刺之秦王絕袖遶殿

而走荆軻知事不成倚柱談笑而死當時秦王何等威勢荆軻畧無懼怯豈不是個義士

【小外】金吾又差了大凡刺客要識時勢以秦主之強燕國之弱縱刺得他怎肯干休荆軻不與他去便了事既不成把燕國指日而亡可不枉了一死【丑】

【前腔】感激計就牢龍身探穴虎精感長虹貫日談笑捐生祖龍爲君褫魄【小外】狂客何如早謝

先說兩刺客有旋轉

當年寵事無成枉勞心力死秦庭分明兒戲自傾燕國

丑 荊軻不是義士麼 小外 也不足爲義 丑 承教承教這兩個古人之事不必說了請問押衙刺客的事你幹得麼 小外 這個何難老夫少年也曾爲父報仇來 丑 假如今日有個貴人擡舉你他着你去刺個仇人出一口氣你去也不去 小外 果然待得我厚士爲知巳者

死女爲悅已者容怎的不去【丑】押衙我方才見你是個義重之人敢以實告這里没人麽【小外】但說不妨【丑】卽今當朝大丞相有一個仇人痛恨入骨特使小子尋訪刺客刺得他的陞官三級賞賜千金小子知押衙謀勇一力舉薦押衙肯去和小子帶挈富貴【小外】大丞相是誰【丑】是盧杞相公一人之下萬人之上官家最喜歡的【小外】他和誰有仇【丑】他與

戶部尚書劉震切齒之怨、〔小外怒〕呸、你不說
那藍面鬼也罷、說着那藍面鬼毛骨都悚、恨
不截此佞臣之頭、却交我替他傷害善人、古
押衙是箇好男子、不爲此狗彘之事、〔丑〕押衙
休執迷、

〔前〕腔相國久慕高風、欲求恥雪、特聘君爲刺客、
虎畧龍韜、施展正在今日、〔小外〕一身武藝、不替
小人出力、不去不去、〔丑〕休執、却鄲年少輕人

遇事忍義與
衆逈别

命，問誰賢與誰奸慝。大丈夫已逢青眼，早沾白璧。〔小外〕前腔剛直，義膽如天，豪情蓋世，孤懷一點忠赤。肯助邪謀，恐把無辜殘賊。〔丑〕好笑有這等英雄，推做甚麽，好個不爽利的荆軻。〔小外〕清白腰間匕首光如雪，不染他忠良血迹。〔丑〕丞相自當重賞。〔小外〕便封我做九鼎三公，等閒視同一擲。

【丑】【拜科】十載交遊渾未識、一番高論始知心、元來押衙乃天下正直丈夫、因盧杞奸邪、不肯替他行刺、正是富貴不能淫、威武不能屈、荊軻鉏麑何足道哉、小子一時唐突、萬乞恕罪、【小外】量老夫何足掛齒、【丑】小子也不去回話了、由他自處、

【尾】從今方見君心直、從今不上奸人宅、遠害全身爲上策、

見機

〔小外〕不作奸臣用　〔丑〕高風千古欽

〔合〕路遥知馬力　日久見人心〔丑下〕

〔外吊場〕自古道將相不和國有大禍我今見盧杞那厮因一人違忤便要用心害他真箇是盜賊所爲即今内有奸臣弄權外有驕將悍卒民窮財盡天下不日將亂罷罷老夫做甚麽官不如向富平山中逍遥自在免得他日死于亂兵之手〔解衣科〕

何等高致有飄飄乎雲外想。

【北後庭花煞】惹閒愁。青錦袍。（除帽科）除下起飛灾。烏紗帽。只爲虛飄飄淩烟閣。送上那顫巍巍跨海橋。算到了是非窠。玉殿高。不如安樂窩。茅屋好。每日價對明月。吹洞簫。弄春風。醉碧桃。向山中睡得牢。喜人間事不到。龍爭虎鬬都休料。牀頭留得琹樽在。門外由他雨雪飄。只落得無煩惱。免受他塵埃縛住。一任我雲海逍遙。

功名誤我未言歸。今日除頭早拂衣。

心事筆筆如畫

且玩山中泉與石、不争人世是和非、

第十齣 送愁 貼上

【傳言玉女】月榭雲窗、暗把秋波偷望、兩邊兒心腸搖蕩爭柰你命裏星辰未暢、東君無意、枉添悒怏、

【章臺柳】鴛鴦偶、鴛鴦偶、雙宿雙飛雙廝守、驀地風波兩下分、雌雄隔水都回首、俺姐姐花容月貌、王解元綉戶綿心、正是一對兒夫妻、

誰想老相公悔賴前言、不許成就、今日老夫人分付妾身上覆王解元的消息、此間正是他書院門首、不免叫他一聲、解元在麽、[生]上

[步蟾宮]思憶多嬌心技癢、盼殺也人間天上是誰、扣户到書堂、想是佳音說向、

[相見科]你到書齋訪岑寂、必有甚好消息、[貼]好消息、惡消息、做不成東牀客、[生]小娘子俺從幼兒與小姐有約、今番老夫人做主、眼下

打點新皂靴整備做新郎也何出此言【貼】解元耐心直等那皂靴爛了方才和你說【生】小娘子有話報小生知道【貼】解元你那親事不成了也【生】休哄我【貼】誰哄你却才老夫人分付我上覆解元這裏再四老相公根底攛掇老相公堅執不肯交你權且耐心【生】老相公因甚不肯【貼】解元你試猜着【生】

【北紅衲襖】莫不是笑書生貌不揚【貼】不是【生】莫

不是爲嬌娥年未長、貼不是、生莫不是惜花心、未許蜂蝶傍、莫不是結綵樓未中綉毬香、貼也不是、生怕咱兩個年命相妨、恐左右的讒言斷誑、貼也不是、生敢則是指望成名、道我未遂風雲也、直待象簡緋袍入洞房、

貼解元你都猜不着、生小娘子端的爲着甚麼、貼

前腔俺姐姐正青春、年齒恰相當、生是小姐年

主張極是

長了[貼]覷解元又風流容貌真絶樣[生]笑科見小生的麗兒也看得過[貼]綉毬兒別箇怎着傍好花枝合付與折桂郎也没甚刑尅相傷也没甚旁人伎倆[生]不爲這幾椿事上却爲甚的不肯[貼]老相公只說中表的親難做夫妻也又道未有前言休妄想[生]天那兀的不悶殺人也[生]

[前腔]欺負我久漂零湖海嗟歎負我未收成名

逸句自是動人

利塲分明是賴婚姻只把虛言誑不念我處孤貧父母蚤年亡你下得淚打鴛鴦我拚箇月滿西廂小娘子老相公雖然如此小姐必見憐我把一封書寄與多情也[揖科]結草啣環不敢忘

[貼]解元這箇使不得

[前腔]老相公治家庭似朝廷有紀綱老夫人正家法似官法無輕放俺姐姐氷清玉潔不比鶯鶯莽侍兒每心荒膽小做不得紅娘[生]小生自

冷語有致

當重謝【貼】你便有金玉滿堂、誰替你擔驚受枉、他見了、晝問出根由、也斷送芙蓉一夜霜、【生】扯科【貼】閉門不管窗前月、一任梅花自主張、【下】【生】天那、我毋親在日、親口許下、今日人亡事變、便推不曾、舅舅你做公卿、賴人婚姻是何道理、

【泣顔回】辛苦上京華、爲嬌羞夙世冤家、一心指望牽絲、中選窗紗、百年姻婭、被東君半句無情

話從前千樣深盟、今朝一筆勾叉、么舅舅、你好差訛、枉教你身爲宰相坐官衙、不把陰陽燮理、配偶調和、却來誤人婚嫁、惱亂家法、傷殘風化、賣脫空口無欄壩、當年甜語應承、今朝苦口推搓、

榴花泣我似尋春鶯蝶、合採上林花、他似堯李樹、抱芳姿、直待東風嫁、相女配夫、一對兒不差些、無端割捨、好似蚕蛾拆對、爲牽挂、我做了箇

美玉埋沙他做了箇綵鳳隨鴉么枉教鳳城春色慘無華枉教秦樓月被雲遮枉教銀屏金屋空消洒一箇愁攢兩蛾一箇長吁倚遍朱欄下一箇吹簫香口吞聲一箇看花淚雨如麻

漁家犯他那里綺羅叢瀟洒文君俺這里翰墨林風流司馬爭柰卓王孫倚富欺人則怕臨卭店出醜難遮據俺萬才華千俊雅不怕他一點芳心不惹從今後斂却盡眉妙手去把西廂琹

錦心繡口且無窮感慨妙

無涯情思

和、么空憶着捲羅衫、同挽香車、空憶着折菖蒲、同鞭竹馬、空憶着棊枰上、同賭青梅空憶着東籬下同嗅黄花、把往事付東流、如夢過、不如不提起、無嗟呀、負了鶯期燕約、那些星前月下、

撲燈蛾

糊塗鳳尾箋、冷淡蛟綃帕、魚鴈無人寄、平地怎生入馬也、玉容何處、盼香閣遠似天涯、空交人淚珠沾洒、伊知麽、伊還知道淚還加、么愁看古聖書、悶對先賢畫、慵羅扇把、懶步酴蘪

趣語

猶然長想固自本色而行文亦有波

小架也，南窗初臥惱人的是蚊雷喧夜，才合眼，又憂見嬌娃，天知麽，天還知道天應怕。

【尾】多情自古多尷尬，料東君斷不把深盟罷，準備着錦帳鸞牀受用咱。

且住，明日是俺舅娘生日，買些金珠首飾上壽，交他再四攛掇，不怕舅舅不肯。

一段姻緣天賦成　東君驀地阻深情

從今添上相思夢　羞覩垂楊作對鶯

第十一齣 [激亂] [淨扮朱泚上]

[夜行船引] 乍解兵權嗟、失勢、似蛟龍困居淺水、運有來時升騰雲雨、擾亂乾坤都碎、

[西江月] 腹內飽藏韜畧、軍中累建奇功、威名千里鎮羗戎、雄據一方誰共、失計來朝闕下、飛禽自陷籠中、他年若得逞心胷、地軸天關搖動、下官朱泚是也、蒙聖旨授俺太原節度使、只因兄弟朱滔使討、勸俺入朝、失了兵權、

三年之內只在長安奉朝請閒居無事不能遂俺胷中豪氣自古道蛟龍得雲雨終非池中之物有一日提兵在手擾得他四海都渾罷罷不能流芳百世亦當遺臭萬年末扮姚令言引外小外上奸相無謀太不忠減根吝賞惱元戎一呼直使唐家亂社稷都歸掌握中淨來者何人末跪白小將涇原節度使姚令言的是也昨蒙聖旨着俺領兵五千前往

征進、叵耐盧杞這厮尅減衣粮、將糲食菜餅、給與軍士、小將一時氣忿、射殺使臣、趕入宮中、搶刼瓊林大盈二庫、驚得官家走了、雖然統領強兵、爭柰小將官卑職淺、不能服衆、今請太尉入朝、共成大事、小將情願執鞭墜鐙、

【净】起來、多虧你好意、下官閒退之人、不足與言、【末】將士無主、愿策太尉爲天子、【净】且住、大事不可造次、下官有一心腹之交、名爲源休、

見做太常寺少卿、與他商量、方可成就、左右、你去鳴珂巷請源少卿過來、內應源少卿有請、丑扮源休上

番卜筭治國五車書、臣君三寸舌指揮若定失蕭曹、顧盼興王業、相見科

凈少卿知道麽、此乃姚節度特來取我入朝共成大事、進退安出、丑小子知道了、唐德既衰、天下大亂、奸臣弄權於內、藩鎮擁兵於外、

鑾輿播遷、宮殿空虛、太尉不乘此時入宮、早正大位、更待何日、淨只怕人心不從、丑一紙詔書慰安中外、收了唐朝舊臣、一枝軍馬、圍住奉天、擒了唐朝聖君、天下指日而定、分付長安九門軍士、一應官員、盡都晋下、不許放出一個、末此言正合我意、請太尉早行、淨要俺做皇帝、俺不去、丑爲何不去、淨俺怕那平天冠重、壓得朕頭疼也、末又道是沐猴而冠、

净没柰何告饒這等吃苦差使、丑貼我十萬貫、顧我做替身去了罷、末休閒說、就此入朝、

争

節節高令朝志爽然、遇良緣、胷中豪氣方纔展、乾坤奠、日月懸、威名遠、掃清四海無纖玷、千年王業須臾建、合男子要爲世間奇、蒼天不負平生願、末

前腔熊羆士五千、敢争先、揮戈一指唐家亂、迎

英彦、坐法筵、登金殿、[丑]手扶赤帝功名顯、關中事業何須羡、[合前]

[丑]朱太尉好似草頭天子、

[净]源少卿便如火逼鄭俠、

[末]急忙裡少個正宫皇后、

[合]去盧家尋個赤脚丫頭、

第十二齣 [驚破]

[夫上]

[杏花天]婚姻自古天排列、縱人意不容伊拆决

惹事招嬿

枉勞口舌百千折、到底終須定疊、

姻緣姻緣、事非偶然、行事在人、成事在天、好笑我的相公、把女孩兒許下王仙客、又要番悔、今被老身再四苦勸不過、只得許允、只一件、自王仙客到此半年、並不曾與孩兒厮見、今日既無妨礙、不免喚他兩個出來、少叙兄妹之情、他日方諧夫婦之禮、多少是好、採蘋去請王解元和小姐出來、內應解元、小姐來

也、生上

紅林擒獨守書齋熱、枕簟因誰設、羞覩南園雙蝶、旦粉汗滴、、、輕綃、、、紛淚相和結。貼相看一水銀河越合何日裏共懽悅、相見科

夫孩兒、爲你兩人的親事、我費了多少口舌、今日且喜和公許允着我揀箇日子、與你成親、你兩個向前相見不妨、生旦對拜生旦揖

夫科多謝舅娘擡掇、貼老夫人在上、不知解

元和小姐幾時成親【夫】待我揀箇黃道吉日

【貼】據他兩人心意則今晚成就了罷【夫】丫頭

胡說老相公囘也【外】

【神仗兒】狂兵犯闕狂兵犯闕鑾轝播越鑾轝播越想微臣怎生拋撇只得相隨遠涉不忍把國恩割又不忍把私恩割

夫人鎖却大門【鎖大門相見科】【夫】做甚麼荒

張【外】夫人不好了不好了涇源節度使姚令

出口太遲答語大粗

言作亂殺入宮中天子帶領宮人出苑北門逃走了我要隨駕放家中家小不下特來說知[合]天那怎生是好[外]事不宜遲王仙客押着細軟家私與塞鴻先行只在灞陵橋尋一箇店兒安下我與夫人小姐一家兒隨後來也事定之日我把無雙與爾爲妻[生]許我老婆性命也不顧了就此起程先去[生末拜外]
[夫]

【憶多嬌】清平世、禍事發、兵戈散作禁籞血、天子倉皇下玉闕、【合】舉家安貼、骨肉一朝拆裂、【旦貼】

【前腔】深閨裏嬌又怯、何曾禁得這磨滅、翠袖弓鞋怎跋涉、【合前】【生】

【黑蔴序】承尊命此行敢辭辛切、平日深恩捹生報荅、【夫】小心去、莫趾跌、寄迹藏形、休教漏洩、【合】烽烟起滅、刀兵又布列、舉目相看、凄凉此別、【外】

【前腔】伊今去、行裝好生打疊、謹避兇徒、防人撇

竊〔末〕灞陵店相候也、早早脫身、大家遠達、〔合前〕

〔外〕〔夫〕百官何日再朝天〔生〕關塞蕭條行路難、

〔旦〕〔貼〕別後不知何處宿、　斷腸回首各風烟、

〔下〕〔生〕〔旦〕〔吊場〕

〔步步嬌〕惆悵、芳池花、欲吐。、無、那驚、風擺。、〔旦〕恰似

兒女心、苦被無情兵戈廝害、〔合〕無、緣、繡、閣、兩、交

杯。有、情、別、館、雙、垂、淚。、

〔旦〕解元、咱兩個百樣相思、半年廝守、方才得

成好事、誰想又成畫餅【生】小生爲小姐眠思夢想、廢寢忘餐、受了萬千苦楚、甫能到手、又遇此大變、怎生是好【生】

【園林好】爲情事、辭家遠來、守佳音、幾番𩨛𩨛、幸喜得高堂意改【合】誰知道遇飛灾、誰知道又難諧、【旦】

【前腔】繡幃裏、幽恨滿懷、乍相逢、欲將言解、爭柰他時光不待【合】相看處、各癡呆、相看處、淚盈腮、

悲切語亦自有態

生

江兒水 迢遞關山苦，凄凉客館擕。都還了一段虛空債，這狂徒那曾把官軍敗。單打破俺鴛鴦會。攪亂情山慾海。合 把花燭歸房，翻做了兵戈出塞。旦

前腔 永別芙蓉帳，輕拋翡翠堆。去奔馳萬里塵沙界。解元，此去前途千萬安心耐。須將薄命同挈帶，休得偷生違背。合 但願天意周全，一路平

数語無限轉摺便覺波瀾

安自在、

【生】小姐何出此言、【生】

【五供養】孤身無奈父受深恩臨危怎推便教肢體碎、怎把舊盟乖、死則同埋生則同車共載只愁衝暑氣、瘦損玉肌胎、【合】若得重逢瘦憔何害、

【旦】此去路上保重、不比太平之日、

【前腔】潛行關隘、好用心機、謹避虎豺、金珠須密護、他是害身媒、災蒸堪畏、好好加餐自愛、解元、

真率語世辭家上乘

分明賈女偷香

更有一言相告、[生]小姐有何見教、[旦]休將書卷廢、畱待桂花開、[合]若得重逢、何必要官階、

[生]感承教誨之言、小生不敢有忘、[旦]解元、此去無可表意、妾有明珠一雙、名曰夜光珠、光照百步、價值萬金、乃朝廷賜與爹爹之物、妾自幼寶藏在身、今日分一顆與足下、倘若思想薄命、舉此觀之、如見妾之一面、[生]此乃國家之重寶、小姐之鍾愛、小生怎敢分愛、[旦]解

元不須多遜解珠遞與生科生小生多感厚

惠揖科

玉交枝明珠無賽荷佳人分賜不才看那恩光照耀行裝外小生不敢褻瀆綴向領巾長戴情多不敢把首擡意深肯爲千金賣合怕書生無福受財怕龍神無端見猜

旦此二珠就如我和你一般

前腔明珠堪愛正相從把他拆開顧他年合浦

重相會一對團圓長在撫摩如見妾體材依棲長繫郎巾帶【合】休教他塵埃暗埋休教他孤單自回

【內】城中緊急請官人早行【生】小生不敢久駐就此拜別【生】

【川撥棹】辭鸞鏡別鳳釵出龍城銜虎砦料此去故國難來料此別禍福難猜望斷京華甚日回

【日】

說到不如不遇何等傷心逼真情至語

前腔徒跣千官哭草萊萬戶傷心散瀟街早知道好事難諧到不如不遇裙釵喜無多怨瀟懷受虛名擔禍胎

内快走快走生旦哭科

尾佳期此去何時再但願得民安國泰那時重返鄉園同斟合巹盃

生珍重佳人寄好音旦望見不見涕沾襟

合徒勞掩袂傷紅粉　不辨仙源何處尋

第十三齣 〔趕駕〕

〔外夫上〕

〔滴溜子〕四下里、四下里兵戈布擾、一家兒、一家兒、殘生無靠、〔旦貼〕可憐繁華盡掃、風霜萬里程、馳驅怎了、〔合〕默禱蒼天、暗中相保、

〔外〕夫人、此處開死門了、〔夫〕相公快叫開門、〔外〕叫我是官員、要趕車駕哩、開門開門開門、〔内應〕不開不開、朱太尉做了皇帝、一應官員不許放出、〔外〕夫人、元來朱泚僭位、不放官員出城、〔旦〕

天那、這事怎了【貼】呀、門上早有人來也、【外】快同去罷、【外夫哭唱】

【啄木兒】君恩重、臣位高、萬里從君敢憚老、本待要電赴星馳、怎脫得地網天牢、遙瞻翠華雲縹緲、【合】皇皇此身籠中鳥、怎能彀奮翼凌風入紫霄、【旦貼哭唱】

【前腔】辭蘭檻、駕鳳軺、未慣風塵愁路杳、又誰知百尺龍城、到翻做九關虎豹、一門百口真難保

〔合〕皇皇此身魚上釣，怎能彀擺尾搖頭入海濤。

〔外〕〔夫〕羝羊觸藩，〔旦〕〔貼〕進退兩難。

〔合〕猛判一死，萬事由天。

第十四齣　〔閉關〕

〔生上〕箭入朝陽殿，笳吟細柳營，內人紅袖泣，王子白衣行。小生與塞鴻監押行李在灞陵橋下，等候他一家兒，看看不見來，已着塞鴻看守車擔，轉來問箇消息，此間是開苑門了，

呀只見旌旗成陣、刀劍如麻、家家狠亇鼠竄、處處鬼哭神嘷、怎生是好、〔淨扮軍士上〕

〔北正宮端正好〕守龍城、司鳳殿、奉將令謹閉大關、羈身怎敢逃危難、遥見烽湮滿、

俺乃守門軍士的是也、這般時節、兀有人行動哩、元來是個秀才、這秀才好大膽、〔生揖科〕敢問壯士、城中消息如何、〔淨〕秀才、你還不知哩、你聽我道、〔淨〕

【滚綉毬】涇原軍馬強、都下人心亂、姚將軍搶入含元殿、〔生〕禁中有羽林軍、他怎生容易進去、〔淨〕驚得那羽林軍沒個當先、〔生〕不曾劫掠麽、〔淨〕瓊林藏劫成空、犬盈庫化爲煙、攪沸了三宮六院、〔生〕不曾驚犯官家、〔淨〕官家的帶領后主官員、〔生〕投那里去、單車宵遁咸陽苑、一夜星馳走奉天、暫且偷安、〔生〕城中有誰人做主、〔淨〕

【叨叨令】朱太尉且權知六軍、班源少卿勸他登

白華殿〔生〕朱太尉人臣、登天子殿、敢是造反了、

〔外〕朱太尉做皇帝多時也、將二百年社稷些時換、〔生〕城上許多軍馬何處來的、〔淨〕又把莽徒兒分守城頭遍兀的不驚殺人也麼歌兀的不怕殺人也麼歌、雲旗雨箭連天暗、

〔生〕諸王公子何在、〔淨〕

倘秀才諸王公走的生、留的斬、〔生〕衆妃嬪何在、

〔淨〕衆妃嬪一半休、一半散、〔生〕南衙文臣、〔淨〕文

臣每拘留且拜官、[生]北司武臣、[淨]武士每總投隆都納欵令出如山[生]你昨晚曾見一個官員領着十乘氊車子出城麼、[淨]

[滚綉毬]昨晚日銜山曾向城中見[生]怎的打扮、[淨]見一個紫絁袍、大官粧扮、[生]後面有甚麼人[淨]隨行的十乘車、都挂青氊、[生]正是俺劉相公了、[淨]荒荒脫劍林、忽忽著金鞭、欲待要他方避難[生]他要趕駕哩、曾出得來麼、[淨]猛可

裡殿上傳宣、生 賊人傳令怎麼說、淨 他道四方商賈都留下、一個朝官不放還、緊把門關、生 端的出城不得、淨

白鶴子 一任你快馬輕車何處去、除非是駕霧騰雲走上天、生 壯士哥哥、怎生與俺通箇音信、自當重謝、淨 兩下裡音信不通、生 不知俺舅舅一家怎生模樣、淨 一家兒生死難判、生哭 舅舅想必是休也、淨 秀才、此處正是軍馬出

以上鋪叙亦佳

没之地快走快走

【煞尾】妖氛塞玉關黄霧漫天金殿君王的兀自保不得親家眷窮秀才空指着京華淚痕滿【下】

【生哭科】元來我舅舅一家都被朱泚留下苦我直如此薄命千辛萬苦到得京師求取這親事毋舅再四不肯甫能求告得肯又撞着這般亂世小生本待要將舅舅家私帶回裏陽去又怕路上難行不如棄了行裝只帶小

姐所贈明珠、走回故鄉、再做區處、正是寧爲百夫長、莫作一書生下

第十五齣　鴻逸

末上有心尋故主、無計度餘生、小人塞鴻的是也、老相公着俺與官人監押行裝、在灞陵橋相等、過了一夜、相公不見到來、官人回去打聽、也無音耗、小人將帶行裝、出得客店來、正撞着南山賊寇、一會兒將車驅箱籠、都打

刼了去、萬貫家貲、付之一空、小人原是太安府人、自幼會織紗段、囘去替人織紗、糊口度日、且且待賊平、尋覓主人未遲、哭苦、俺思想起來、一家兒千般富貴、三日間變出萬種凄凉、不如老相公一家生死如何、我主人王解元去向如何、正是天有不測風雲、人有旦夕禍福、

第十六齣 整軍

外扮李晟上

忠肝義膽自是感激

【漁歌子】義聲高忠膽烈仰天叱咤秋雲裂整龍驤平鼠竊指顧掃清宮闕

下官李晟的是也官拜神策行營節度使因聖駕避亂奉天朱泚僭位京國下官誓率三軍志清國難內無粮餉外絕救援孤軍處強寇之內全憑一點赤心灑泣誓勤王之師不挫半星銳氣慷慨言詞四方聞之決志英雄氣槩羣賊望之寒心且喜上託九重之洪名

下頼諸將之效力一鼓而堅城破三戰而朱泚逃翠華重入復見漢官之威儀王闕已平還是唐家之社稷肅清宮禁祗謁園陵鍾簴不移廟貌如故朱泚這厮被俺殺敗逃入西邉又差田子奇領兵五千追趕去了只今聖駕將到不免唤將士每聽令一番多少是好將士每那里淨丑小外掃清四海烟塵重覩唐家日月覆將軍有何指揮外你每聽着今

日賴將士之功勳，掃清宮禁。念長安之士庶久陷賊庭，千官尚竄於草萊，百姓未歸於田里。出榜安民，萬戶皆令復業。斂兵不動一毫，不許侵人。分付軍中，五日內不許通家信。淨丑小外諾。謹遵將軍嚴命。末上宻招殘寇防人覺，遥斬元兇恐自專。小將乃田子奇是也。奉令公將令，領人馬追趕逆賊朱泚，到寧州地方，被賊党韓旻把來殺了，投降涇州去訖。

小將囘來獻捷。將帶逆賊首級在此。[外]可喜

可喜逆賊既巳伏誅。把來號令京師。傳行天

下。[末]領鈞旨。[下][外]

[豹子令]壯志忘身平賊虜。平賊虜義旗西指定

山河定。山河掃盡妖氛清國步。翠華不日返神

都。返神都。[合]從今萬載固鴻圖。固鴻圖。[净]

[前腔]厮鼠跳梁思變虎。思變虎爭柰神龍威福

有全無。未全無天遣將軍來用武。一朝收復舊

皇都舊皇都、【合前】【小外】

【前腔】三載軍中多戰苦、多戰苦、今朝始得罷干戈、罷干戈、功寫凌烟誰似我、聲名千古壯京都、壯京都、【合前】

【外】漢將平明西破戎、【末】捷書夜飛清晝同、

【合】今日時清兩京道、長安白日照春空、

明珠記卷三

第十七齣　抄没　外上

瑞雲濃　海宇重清、四境乍收鋒火、夫　舊日山河再安妥、旦　貼　全家百口只向死裏別偷生路、合　無禍、明知是蒼天回護、

外　夫人且喜、昨者李令公軍馬殺退賊兵、朝廷大駕自奉天起程、將到京了、夫　相公當時一家陷在圍中、只道死于亂軍、誰知有今日、

【外】朱泚這厮但見朝官都要拘來重用只不知怎的獨遺落了下官【旦】爹爹倘或那時召你從也不從【外】說那里話倘若用我時學取段司農以笏擊賊而死斷不從他【貼】相公一家見完聚皆是神明護持【外】正是安排香案全家都拜謝天地則个

【一江風】論平生一點忠心固決不將身污謝神明委曲周全得脫了狂徒禍多少遇兵戈人離

與家破、合怎得似百口還如故、

丑小外末上懼法朝朝樂欺公日日憂淨欺公猶自可只怕撞對頭下官盧杞的是也劉震這厮是俺對頭向日尋人刺他其討不行慚愧今日被下官奏過官家只說他受了朱泚的官職奉聖旨差下官與王遂中帶領五百名軍士、去抄沒他家裏就拿劉震下獄王金吾快分付軍士每圍住劉家一個個綁着衆領鈞旨外呀、藍面鬼直入人房室、有何事幹、淨那賊子兀自口巴巴的、左右與我拿下、外我得何罪、淨你做大臣、受了朱泚節度使之職、同謀反逆、見有聖旨拿你、如何無罪、外天那、下官自遇亂之日、趕駕不上、與合門百口、閉戶不出、朱泚用我、須有証見、怎麽屈陷平人、丑這話且到大理寺理會、淨左右、把家私什物封記了、末計開犯人劉震財產、鎮江

科諢亦雅

半塊不止

醋七千七百七十七担七斗〔丑〕少了三斗〔末〕相公鼻子裡吸了三斗〔淨〕自古道宰相鼻吸三斗醋、說得我好、〔末〕馬快船九千九百九十九隻、〔丑〕又少一隻、〔末〕相公肚子裡撑了一隻去、〔淨〕自古道宰相肚裡好撑船、說得我着、該賞他、〔末〕嶶州眞正靑煙金墨三萬三千三百三十三塊半、〔丑〕怎的又少半塊、〔末〕相公心肝上塗了半塊去、〔淨〕我怎的是黑心畜生好打、

不黑怎麼害得平人、[末]又道是惟有赤心耳、

[淨]左右的休閑說、把賊子一門縛起來、[外]哭

[四邊靜]孤臣只欲從君側、何曾敢從賊臣罪合

誅夷、天王聖明德、[合]衷腸泯沒、神明鑒識、怨氣

徹重霄、昏昏斗牛黑、[天]

[前腔]相看執手情何極、分開在時刻、欲了百年

緣、應歸九泉覓、[合]衷腸泯沒、神明鑒識、怨鬼落

滄江、茫茫夜潮黑、[丑]

那裡便知道似失檢點

倉卒間尚未有旨如何知道入宮亦少照顧

前腔 舉家幸免强徒逼、誰知又遭厄、萬死出烽煙、餘生入宮掖、合 衷腸泯沒、神明鑒識、怨氣徹重霄、昏昏斗牛黑、

淨 這個丫頭沒名字、奉聖旨賜與盧丞相爲妾、丑 左右的放了他、貼 告相公妾身情願跟隨主母入宮、丑 聖旨沒名字、怎麽要你去、貼

末扯貼去 貼執夫旦衣

前腔 侯門十載沾恩澤、願隨主人側、怨着、舊衣

裳。爲、人、舞、春、色。〔合〕裹腸泯沒神明鑒識、怨鬼落滄江、滋滋夜潮黑、

〔淨〕左右的帶這厮過來〔外〕不跪〔淨〕喝賊子、怎麼不跪我、〔外〕我得罪於朝廷、不跪你那藍面鬼、〔淨〕賊子無禮、左右的與我打上一百棍、〔丑〕相公尊重、這是朝廷的人、不該私自責罰、〔淨〕也罷、待我罵那老賊幾句、

〔東歐令〕你心驕傲、意奸忒、禍到頭來怎脫得乎

生專會談人短誰料自從賊【丑】丞相朝廷法度自明白私怨且消釋

【淨】左右的帶那賊子下大理寺妻女二人宮中閒住家私封記待有司官變賣入官【末】小

【外】應科【外】夫哭上

【前腔】心悲痛意淒惻恐把恩情中道拆【旦貼】父南子北何時會血淚下如織【合】蒼天有眼自思知如何把人屈

淨外旦夫末並下推貼倒地科丑可憐劉尚書本是好人被人屈陷到此這個女子務必要隨入去難得難得左右喚那丫鬟甦醒小外喚科貼起

前腔生如寄魄如失只剩孤身難自立回頭不見親人面不如早向井中溺奴家要這性命何用不如投在井中死休丑喝住佳人心性恁般急性命怎輕擲

【丑】這妮子好性急呵你相公倘有再生之日怎的便尋㚫【貼】告相公妾受劉門厚恩不能從入宮去早尋㚫路爲便【丑】好好我看你年方二八到有老成之言身爲女子到有丈夫之義我老夫有一句話不知你肯聽麽【貼】相公尊命怎敢不從【丑】我老夫不是別人金吾將軍王遂中的是也年登五旬並無一箇兒女你沒有安身之處何不隨老夫家去做一

避嫌可取

無限悽惻

箇義女你心上如何、貼渼感將軍好意、爭奈瓜田不納履、李下不整冠相公男子、妾身女人雖則結義爲父、難免外人議論丑不妨下官有夫人在家、你只與夫人相處便了、貼如此妾身情愿居將軍膝下、丑

前腔看你心腸好、語言直感戀恩人不忍失、小娘子從今便結螟蛉義與你共回宅、貼舊歡新愛誰爲主、偷把淚珠拭、

一六八

丑佳人且自放眉頭　貼感謝恩官特賜畨

合正是新諾似山無力負舊恩如水滿身流

第十八齣　遇鴻

末上福無雙至尤難信禍不單行果是眞小人塞鴻去年遭朱泚之亂把劉家行李付之賊手逃入太原府去小人平昔會織叚疋權且織些糊口且喜賊平重到京師昨日去劉相公府中拜見誰想兩日之前老相公被盧

丞相讒言屈陷朝廷把他全家抄沒了去苦
不知生死如何今日不免街上尋問王解元
去向正是屋漏更遭連夜雨行船又遇打頭
風【生上】
【胡搗練】彈鋏客久飄零千辛萬苦來仙境風景
昔年渾不異故人存否信難憑
【末】來的那人到和俺官人廝像咊元來正是
俺官人【拜科】【生】塞鴻一年不見我只道你死

在亂軍中、誰想又得相會。〔末〕官人自那日分散一向在那里、〔生〕

〔刮古令〕你聽我說、當日離灞陵、到京城門已扃、〔末〕賊人閉郤城門、不曾遭他毒手、〔生〕避兵亂脫身豺虎、〔末〕投那里去、〔生〕還故鄉、度此生、〔末〕怎生過活、〔生〕舊業暫經營、〔末〕官人怎的又來到這里、〔生〕喜得一朝天生李晟、掃除宫苑再昇平、因此上辛苦到宸京、〔生〕塞鴻、你投那里去、〔末〕

【前腔】行裝半路等奈東人不轉程【生】我看事勢不好怎敢轉來【末】驀遭了狂徒刦剝【生】呸那二十馱東西都刦了去【末】只單身返晉城【生】怎生度日【末】販織度殘生欣逢賊滅重來問省【生】你曾到劉家去麽【末】相公被盧丞相讒言屈陷了也怎知劉相受嚴刑三百口抄没各飄零【生】兀的不痛殺人也

【五更轉】漂泊身依人度到今朝成枉圖英雄平

地遭凶禍、老母嬌娥、掖庭孤寡、念姻緣似畫餅空牽挂、何年骨肉重完也、〔合〕千里歸來、無些窠坐、〔末〕

〔前腔〕荷相公相託我、恨强梁刼貨多、羞慚有面難看覷、辛苦重來、負荆稱謝、又誰知遭譖訴、家緣破、萬般富貴都拋下、〔合前〕

〔生〕塞鴻、他家還有誰、〔末〕覆官人、老相公幽在天牢、夫人小姐、陷在宮禁、只有侍兒採蘋、聞

尋取采蘋究轉有生發

處處不俗的是詞人勝場

說是金吾將軍王遂中收畱了囘去、只有這人還在、[生]小姐此去、永無見期、見得採蘋、死亦瞑目、俺和你明日倫些人事、到王遂中家裏、求得採蘋一見也罷、[末]官人見得是、

[生]聞說青娥屬使君、[末]明朝同去訪情親、

[合]相逢要解心中悶、只恐相逢轉悶人、

第十九齣 宮怨 淨扮張如花上

[普賢歌]奴家年紀六十餘曾見開元富貴時楊

妃與梅妃、三姨與四姨都讓老身居第一、
老身奐做張如花、賽過石竹與山茶、半斤石灰淡抹、一錠黑墨濃搽、面孔光如羊肚石、鄉兒小似起園瓜、尺七八櫻桃小口、寸三分魚鱗細牙、昨日輕移蓮步、走到殿上澆花、被皇帝御手拖住、道我似月裏姮娥、據你這般標致、便做正宮也不差、請上龍床同坐、爭奈命不做些、踏損了金橋一跌、跌得我口角歪斜

荒忙扶起來細看好似一件東西內賽過活
觀音、淨阿也、好似金剛脚下的青臉夜叉、老
身是宮中老丫頭張如花的是也、聞得外頭
抄没人口、泒在俺宮中閒住、待妹子李似玉
出來區處他、妹子那里、丑扮李似玉上
前腔奴在渶宮住得牢、八幅羅裙着地捎、口似
兩面刀、是非儘意嘈、搬得六宮都厮鬧、
老身喚做李似玉、眞箇風流不俗、也會刺鳳

描鸞、也會彈絲品竹、也會商謎續麻、也會象棊雙陸、指頭上繡成七寶塔、斬眼間熬出荳末粥、吟花柳賽過織錦迴文詩、舞柘枝、那數霓裳羽衣曲、蔡女胡笳聲字字胡搊劉向列女傳、篇篇熟讀、不揀綺縠綾羅、隨分青黃赤綠、做出來飛針走線、看了的驚神駭目、昨日娘娘交我綴一條衣帶、驚得我滿身麻木、〔内〕果然手口相應、〔丑〕阿也、百般女工曉得、只有這件不熟、相見科丑姐姐叫我做甚麽、淨妹子、我叫你出來别無甚事、昨日聞得朝廷發下兩個囚婦入宮、俺和你喚他出來、奈何他一番、交他低頭伏事、丑着、古人道、教兒嬰孩、教婦初來、不乘此時壓倒了他、日後反要做大淨待我叫他出來、叫科夫上

謁金門嗟薄命、怕憶舊家繁盛、旦一開昭陽愁與病、貌兒難斷認、夫乍近御床羞不定、幾遍傳

繪景如畫

宣錯應[合]最苦關山相掩映畫欄空自凭
[淨]兩個囚婦來了[丑]你吃了大虫心白象膽獅子髓見俺托大萬福不道一聲[夫]你是何人到要我萬福[淨]老娘勅封六宮都總管不揀皇后妃子都伏我管下[丑]老娘是唐明皇宮中老內人楊貴妃捧硯高力士脫靴你兩個殺不盡的剮不盡的見我不陪個小心[旦]甚麼小心我不知道[淨]兀自口强哩我且問

諢亦不俗

你的老公是甚麼官、夫是尚書、淨可知哩、元
來你老公賭錢長輸、老婆女兒也輸與人了、
怎學我的丈夫十遍賭、九遍贏、旦呸、是朝廷
大臣戶部尚書、丑正是糊塗長輸、若不糊塗、
早是贏了、淨你兩個婆娘托是大官的妻女、
到這里兀是不跪我、夫旦我是二十年宰相
妻十二道節度使女相門相種、不跪你這賤
人、淨阿也顛倒罵老娘好打、丑打科旦叫賤

人不得無禮須有法度〔內云〕娘娘有旨新來劉尚書家口二名係是衣冠妻女免他朝叅月支花粉錢十千張如花李似玉兩個好生伏侍他〔淨丑荒科〕决撒了娘娘分付咱每伏事他〔丑扶科〕二位娘子請坐〔淨丑跪〕好姐姐好夫人好奶奶適來有眼不識泰山甚是冲撞不要記懷〔夫曰〕起來我不計較〔丑〕老奶奶我替你提了尿瓶去罷〔淨〕小奶奶我替你解

下臭果脚洗洗、〔淨〕只因傳下聖旨、〔丑〕將人挫了威風、〔夫旦〕掐白蘇秦說向妻嫂、何前踞而後恭、〔淨丑下〕

〔夫旦吊場〕〔夫〕沒來由撞這兩個老潑才纏了半日、〔旦〕母親、我兩人多感娘娘聖恩、得免淩辱、爭奈我父親在牢内、不知生死如何、有父

有父氣如虹。束髮事主懷孤忠。本期丹誠向日月。豈料白首傷樊籠。〔夫〕浮雲蔽天不可訴。

凌煙高閣愁無路【合】嗚呼一歌兮歌初成碧天萬里秋雲橫【旦】

【七犯玲瓏】【香羅帶】秋雲淡淡橫凄凉父子情回頭枉望斷孤雲影【梧葉兒】冷落綵衣輕他平昔英雄志翻成憔悴形【水紅花】歎人生前程不定萬里雲霄得意一旦網羅嬰【皂羅袍】恨浮塵偏掩日光晶想春風何日吹枯梗因鸞檻鳳人意怎平飛霜下雹天心自明【桂枝香】耿耿孤忠在

宽抑

悠悠怨氣騰。〔排歌〕心空切。救不能。夢蒐長遠夏臺城。〔黃鶯兒〕怎得似緹縈。

〔夫〕有甥有甥千里駒。磊落萬卷胸中書。垂髫遠膝戲前除。玉顏照映青珊瑚。〔旦〕碧海清湘兩隔絕。一身良苦憑誰說。〔合〕嗚呼二歌兮悲天涯。泣對庭中雙桂花。〔夫〕

〔前腔〕秋花點點馨。添人憶遠情。當年折桂客。多豪興。到今日桂飄零。他也飄零。在天涯路。存亾

曲盡人情

信未憑憶賢甥風流奇俊從幼嬉遊遶膝一旦受伶俜【合】想饑寒何處度餘生怕時乖陷入兵戈境功名有分雲程未騰琹書無恙春闈早登何日重相見還須續舊盟關山冷雨雪清生來富貴幾曾經彈鋏向誰庭

【旦】有母有母年半衰羅衣憔悴隨塵埃凄涼故園長秋草寂寞長門生碧苔【夫】擁衾燈前淚如把霜花夜集鴛鴦瓦【合】嗚呼三歌兮歌

凄恻

三起梧葉冷冷打窻紙曰

前腔秋梧颯颯鳴偏傷慈母情便逢著春色也

添愁症怎禁聽落梧聲怕他傷心劇假歡顔順

承淚偷傾悄聲温凊争奈西山薄日不肯爲人

停合怪萱花不耐雪侵凌恨西風偏重殘燈影

全家遭難猿愁隺驚故園無主蛙鳴草生説着

旁人慘交他淚怎不零湲宫杳繡户扄何年鷹

隼脱金鈴古鏡得重明

〔夫〕有女有女顏如花。容光玉潤羞鉛華。春眉懶向東風展。幽意肯逐琴心針。〔旦〕彩雲散盡陽臺杳。可惜深宮坐衰老。〔合〕嗚呼四歌兮錦衾薄。淒風一夜池荷落。〔夫〕

寫寂寞情景宛似當年而文更綽約多姿有玉樹臨風景色

〔前腔〕秋荷片片輕。渾如弱女情。西風把紅豔都吹。淨。冷落小池萍。裊裊嬌羞態怎禁風浪撐正青春膩腮香頸。只合深藏畫閣早遂鳳和鳴。〔合〕怎教人寂寞守長門。盼羊車不到蒼苔徑上林春信望斷鴈翎、小窗明月懶吹鳳笙、迢遞秦樓紋淋漓湘竹凝、臨愁鏡、倚悶屏、畫眉無處覓張卿、煙靄隔重城。

〔夫〕十年富貴一朝休、〔旦〕百口飄零幾處愁。〔合〕腸斷夜深相對話、依依殘月下簾鉤。

第二十齣　〔覓蘋〕

〔丑扮王遂中〕〔淨扮夫人上〕

〔翠華引〕覓得如花少女、深閨養作螟蛉、聰慧渾如男子、嬌柔賽過親生、〔相見科〕

丑夫人下官前日去抄沒劉尚書家裏、見他侍女採蘋、眷戀主母、務要隨入宮去、下官留爲義女、不知此女在吾家如何、淨相公、此女容德堪稱、便是老身親生女一般、丑果然是好夫人、我和你終身無靠、何不將此女招贅一婿、也不絕了祭祀之主、淨相公見得是、生

海棠春不及海棠春、野草堪消悶、

末有一秀才參見相公、丑請進來、生入相見

【科】【丑】足下高姓仙鄉何處【生】跪

【一封書】使君聽事因王仙客襄鄧人【丑】元來足

下與下官同姓同鄉敢問令尊何人【生】諫議

是先君【丑】諫議大夫王君麼【生】與萱堂早喪身

【丑】你父母雙亾靠着何人【生】母舅劉公相慰

憫【丑】莫非劉尚書麼他如今全家抄沒【生】誰想

全家蕩不存【丑】你此來爲何【生】末【合】沒親人只

採蘋要見嬌姿造貲門【丑】夫人下官與王秀才

父親、本是同族、因遇亂離失去譜牒、以此久
不往來、
前腔吾家本楚城、遇亂遷入秦、與汝本宗親、生
元來相公是仙客一族、不知尊卑如何、丑論
昭穆、叔父尊、生拜如此、請叔叔嬸嬸上坐容小
姪拜見、丑今日相逢須廝認、怎做區區陌路
人丑淨合敘慇懃、細評論、須信千枝共一根
丑賢姪此來、要見採蘋、是不忘舊的意思、我

喚他出來、與你廝見、【生】如此此萬幸、【淨】且住、老身有話、相公百計要與採蘋招一佳婿、今姪兒沒有安身之處、就把採蘋與他爲妻如何、【丑】說得有理、姪兒你心中肯否、【生】感承叔嬸好意、小生來此、只要見採蘋一面、不敢望此、一者停妻再娶、背無雙舊約、二者採蘋與小生有兄妹之分、怎麼使得、【丑】賢姪差矣、無雙一入深宮、便如死的一般、如何是停妻再娶、採蘋不過一時認義之女又不是俺親生的有何不可你依着我今日是吉日就與你成就且退去書院中安歇自有分曉生末欲作東牀客暫爲西館賓〔下〕〔丑〕事雖如此還要問女孩兒肯否方可成就〔淨〕待我喚他出來孩兒那里〔貼上〕

〔亭前柳〕萍梗泊候門暫且度朝昏時時思主母夜夜夢佳人堂前何事呼名問〔合〕試把姻緣一

一訴虛眞

相見科〔丑淨〕且喜且喜我兒你的的親人來了〔貼〕爹媽孩兒一家都已四散有甚親人〔淨〕是你主人外甥又是你小姐丈夫王仙客到來要見你說起來又是你爹爹的姪兒〔貼〕元來如此我要見他一見〔丑〕且慢着我有一件大事和你商量〔貼〕有甚事但說不妨〔淨〕孩兒你爹爹要把你招王秀才爲配你心中自宜

斟酌【貼】多感爹媽好意只一件孩兒昔日在劉門爲一使女王解元乃小姐之贅婿賤人怎敢與他爲配【丑】你若不然辜負了王秀才一片好心【貼】爹媽聽說若做夫妻不惟辱莫了王解元抑且怨背了小姐倘或他日小姐得出何以相處奴家情愿與王解元爲妾【丑】賢哉此女說得中聽事不宜遲今晚便成就了罷【淨】也罷孩兒且退去房中梳粧少刻喚

你貼粧飾待花燭嬌羞入畫堂【下】【丑】叫管家的聽我說你辨下筵席與小姐做親先去喚個擯相來【內應】擯相來也【小外扮擯相上】【全】仗孔周樂禮來成秦晉歡娛不人是擯相不知相公有何分付【丑】我有義女與姪兒王解元爲妾着你喝禮【下】【小外】如此小人便請新人落盡荷花去採蘋權時解郤惜花心從令旅舘寒燈夜添個鋪牀疊被人【第一請】云【云】使

女陞爲義女、義女改做妾身、明年丈夫高中、便做第二夫人、第二請云云末討老婆先討小、討得小時初時好、若還重討大的來、大小相爭怎得了、第三請云云生貼

前腔偶爾到侯門、從他覔故人、忽成劉阮約、如入武陵村、花燈豔豔燒香燼、合排列華筵、與你結朱陳、

小外請云云伏以花星高照、好事初臨、綉被

中抱個半邊妻，洞房內添他替夾鬼，權且解饞也。當春風一度，再休偷約，不作鶴步蒼苔，告免了踢打扯撏之苦。忽上擡槃，只聞得油鹽醬醋之香，曾磨竈角，荷蒙恩相嫁作偏房，燒茶煮飯，切莫遲延，掃地揩檯，必須乾淨。明年生下孩兒，便合稱爲庶子。他日小心不到，定要賣做軍妻。（小外喝生拜）

【小桃紅】漂零艱窘，邂逅宗親，一見渾如故也。贈

與佳人暫寬心下恨聊伴旅中身總然山有崩海有枯你的恩無盡也此心何日泯【合】今宵成秦晉白首歡娛莫負恩【貼】

【下山虎】舞衣歌扇回首成塵漂泊無人問誰知得遇侯門重整舊家珠翠含羞奉事新人自愧烏鴉入鳳羣【合】莫把凡花哂瓜葛有因一餉東園桃李春【生前貼後跪】【丑淨唱】

【蠻牌令】衰老沒親人螟蛉女掌中珍郎須好待

休看做等閑人。悄一似章臺楊柳出侯門。再遇芳春。[合]對銀燈。各自斷魂。恍忽渾如夢裏相親。

[生][旦]

[尾]齊眉結髮無音信。向丫環且把悶懷伸。[丑][淨]雪鬢霜鬟也靠君

[丑]百歲歡娛今始同　[淨]勸君且莫歎西東。

[生][貼]今宵賸把銀釭照。[合]猶恐相逢是夢中。

[生][丑]弔場[丑]賢姪。你父親在先朝有直諫之

功子孫理宜錄用下官明早入朝與你奏過官裏討箇七品官職與你做你心下如何〔生〕若得如此自當結草銜環之報〔丑〕休戀故鄉生處好〔生〕受恩深處便爲家〔下〕

第二十一齣　〔别母〕

〔旦上〕

〔金瓏璁〕含悲辭故隴傷心又别深宫嗟厄運甚時通愁添椿樹夢腸斷碧萱叢一家漂泊歎西東

描宫怨處入畫

不施脂粉天然國色

一入昭陽春又春、夢歸思舊兩傷神、那堪又作淡秋別、萬里征車倍憶親、奴家自與母親入宮、又早一年之上、當今新天子即位差一個內官、押領宮女三十人、到德宗皇陵打掃、三日之內、便要收拾起程、奴家怕母親煩惱、隱恐不說、苦、適來宮婢傳下娘娘懿旨、催儹上路、此時必須與母親說知怎生䁳得、母親早來也夫

前腔 年華如過夢、俄驚兩度秋風、鬢添白、臉消紅、膝前嬌愛女、又欲別房櫳、閒中思憶轉心忪

相見科 夫 孩兒、今日爲何愁眉不轉、面帶憂容 旦 母親、孩兒沒甚事 夫 你休瞞我、我已知道了、昨日聖旨着你每三十個宮人、打掃皇陵、明日便要去了、你卻瞞我做甚 旦 是孩兒怕母親添憂、不敢告知端的、明日五更時分便要起程 夫 苦我的兒、你父親陷身縲絏、我

老身幽閉宮中、正得你陪伴、又抛撇了去、教我舉眼看着何人、老年晚景、不幸遇此凄涼之苦、[旦]母親不須煩惱、孩兒去想不久便回、

夫

[尾犯序]一自入深宮、日日隨班、朝朝侍從、勞苦千般、凄涼萬種、承鳳詔、須當遠出、别慈幃、怎敢從容、合情知道、君恩浩蕩、敢戀私恩重、

[夫]孩兒我如今呵、

【前腔】老景漸龍鍾、冷落長門、沒箇趨奉、幸有嬌兒在膝前眼中。【旦】母親省煩惱、敢怕孩兒未去哩。【夫】那里這話、悲痛咫尺間拋人去也、朝夕裏孤單誰共、縱有他三千粉黛、怎與的親同。【旦】

【前腔】母子正相從、早分離、含悲相送、此去迢遙、知何日再逢。【夫】孩兒此別、除非夢裏和你相逢、【旦】母親珍重、老年人自須調護、休爲我徒勞遠夢、萬一裏愁多病、染湯藥倩誰供。【夫】孩兒、你此行自當保重、關塞天寒、多着些衣服、路途勞倦、強進些茶飯、【旦】謹領母親慈命、【夫】【前腔】生長繡幃中、嬌怯香肌怎禁勞動、好自支持、耐路途寒天冷風、【旦】孩兒一心只想母親年老、沒人相靠、【夫】我不打緊、歡哄我只在綺羅叢裏、你不必旅愁增重、更一件、此去打聽父親和丈夫消息、倘若有上林飛鴈頻把信音通、【旦】母親這是孩兒命中合受折磨、母親不須

二語韻長

掛念旦

前腔薄命合遭逢自古佳人偏受磨礱試看遠嫁昭君涉胡沙萬里旦孩兒就此拜別悲慟暫時間高堂淚別明日裏征車塵擁各黯然相看無語魂斷碧天風

淨丑扮老婢上奉聖旨內家三十人都帶行裝今晚在上陽宮宿歇明日早行娘子去罷

淨丑扯旦夫扯哭科

怨嘆愁腸讀之酸鼻

鷓鴣天正憶情人在網籠又傷嬌女去漂蓬〔旦〕哭慈幃執手空畱戀聖旨催人敢不從〔淨丑〕扯旦下〔夫哭倒〕香隱約珮丁東遙看仙子去無蹤今宵宮漏重添永和淚孤眠到曉鐘

〔夫〕雨滴梧桐秋夜長　愁心和雨到昭陽
泪痕不學君恩斷　拭郤千行更萬行

第二十二齣〔獲蔭〕

〔貼上〕〔掛眞兒〕一別侯門驚歲改東籬下又見花開情

繫淚宮恨傳飛鴈漸瘦損舊時嬌態

古詩砌蛩泣秋月庭鳥吟寒霜禽蛩知感時而況思婦腸憶昔富貴秋高臺飛羽觴今來風雨夜孤燈掩茅堂勉力事新人白首期作雙卻憶舊主恩背人自沾裳不着金縷衣上帶侯門香愁覩菱花鏡曾照佳人粧空餘含淚眼日夜眺宮墻奴家勉辭故主暫泊侯門荷蒙王將軍待如親生王解元納爲側室晨

昏之禮不廢，伉儷之情頗諧，只是思憶舊恩，放心不下。不知我老相公天牢内生死如何，夫人小姐宮禁中安否如何，正是春蚕到死絲方盡，蠟燭成灰淚始乾。[生]

西地錦半世飄零無賴，秋風彈鋏歸來，依棲枳棘權寧耐，有時奮出塵埃。[相見科]

[生]小娘子在此絮絮叨叨說些甚麽？[貼]奴家思憶相公夫人之深恩，無雙小姐之厚愛，當

此重陽，歎息一番。【生】我想舅舅富貴之日，當此重陽佳節，多少受用。誰知有今日。【生】

【黄鶯兒】秋色滿仙臺，把茱萸對酒盃，他鄉辜負登高會。那時節黄花正開，弦歌正催，今日裏繁華舊事空何在。【合】掩寒齋，故人何處，白露點蒼苔。【貼】

【前腔】佳景入蓬萊，正羊車醉不回，西宮別有人垂淚，敲斷玉釵，鎖盡翠眉，良宵夢斷銀河外。【合】

悲惋切情

碧雲開一般明月兩處照離懷生

簇御林天般禍海樣災把佳期扭作灰多情猶想同心帶倚闌終日愁無奈合枉痴呆和那玉樓不見況他那一捻小身材貼

前腔花爲面玉作腮別來時秋幾回風流怕損當時態怎能勾一朝勾卻鴛鴦債合雁聲哀雙飛猶苦你孤宿怎生捱丑淨

生查子心憐豪傑才寂寞青春過爲君覓一官

好向明時做、相見科

丑賢姪、且喜且喜、生有何喜事、丑昨者下官入朝、官家問我有子未曾、下官回奏臣無子、止有姪兒王仙客、乃諫議大夫王君之子、乞陛下哀憐、賜與一官半職、也不斷了微臣後嗣、官家大喜、諫議大夫王某在先朝有直諫之功、其子正該錄用、勑中書門下除王仙客做富平縣尹、下官將帶誥身在此、左右的將

冠服過來末將冠服上科旣居唐爵祿須着
漢衣冠告相公冠服在此丑賢姪聖旨限你
三日內赴任須索早行生揖小生漂泊江湖
荷蒙叔嬸收留在府今日又蒙奏討得官此
恩何時報荅丑這些小官不足展賢姪大才
聊借爲進身之地他日自當遠到淨只是老
夫妻兩口與你周全半載不忍拋捨貼告爹
媽知道孩兒蒙再生之恩怎忍割捨解元自

只怕不真

真率無脂粉氣不浮不俚正是辭家所難

去赴任奴家情願伏事爹媽不願隨去【丑】說
那里話解元單身更沒的親在旁如何不去
【淨】孩兒功名大事怎生留得你住此去小心
伏事解元早晚回來再得相見【生】【貼】兀的拜
辭爹媽赴任去也生【拜】
【賀新郎】漂泊留潭府荷深恩解衣推食自知慚
負又荷吹噓登雲路嬌女肯教同赴這厚德鐫
心銘腑【合】别後不知何日會有音書莫惜頻頻

嫵媚似柳迎風

付分袂也轉淒楚貼

前腔紅顏自古多辛苦似楊花乍依芳樹又飄

南浦心戀親幃難拋捨正值寒天秋暮斷腸處

鴈聲飛度合前丑

錦衣香正京華歡相聚又天涯悲相訴早覺今

日傷情悔我當初不如不替取功名也圖骨肉

完聚歡娛賢姪前程萬里早升遷也青雲有路

合莫被青雲誤也須回顧高堂日短鬢絲垂

一唱三嘆別有遺音妙妙

素淨

漿水令念嬌兒未知世故，念才郎未達時務，宦遊千里向危途，更愁老年影隻形孤。末小外香車駕馬已在途，請相公早早登程去。合不忍別，不忍別，叮嚀回顧，烟樹外，烟樹外，月模糊。

丑一官覊絆實藏身，生兩口無依枉累人。

貼道路悠悠不知處，合秦山遙望隴山雲。

第二十三齣 巡陵

末上辭卻天邊富貴來尋世外清閒、今日九

重雨露、明朝萬里關山、小子勑使周公公手

下內養的是也、俺老公公眞箇官居近侍、職

在親隨、受天上之逍遥、極人間之富貴、調護

聖躬、穩稱九重審意、謹司金鑰、敢怠夙夜勤

勞二十年出入禁闥、長依龍樓鳳閣之恩光、

咫尺間審邇天顔、怎效狐假虎威之勢、熖立

傍袞衣、滿身香氣同瞻寶座、一朶紅雲、惟將

羯鼓催花、賜得貂裘拖地、美酒玉壺、興慶池頭賞花宴、輕衣短帽金吾隊裏打毬回、因年高求閑散養終身、奉聖旨充巡視園陵使、去寢廟中夜夜燒香點燭、向皇陵下朝朝祭物獻新銘心刻骨敢忘今日玉階榮素髮白頭長作先皇香案吏、願獻山呼祝聖壽、只將經卷結清緣、即今押帶宮女、打掃先陵、已曾分付宮婢、打點內家行裝、未知完備麼、張如花

李似玉那里。[淨]

[字字雙]奴家生得花不如。標緻人人喚做醉楊妃。近貪如今年老退槽驢。受氣。搽眉畫臉唱新詞。做戲。[末]休道出本相來。[丑][前腔]奴家生得好身材。無賽。半邊梳子拆金釵插戴。逆風吹得繡裙開。堪愛。其中一物露出來。

[淨接]海菜。

[末收]波漂菰米沉雲黑。這不是海菜。[淨]我要

一箇山菜末雪霽晴梳石髮香。這不是山菜
丑我要一箇水菜末江籬漠漠荇田田。這不
是水菜淨我要一箇天菜末看來你是雲中
墮。這不是天菜丑我要一箇地菜末飯煑青
泥坊底芹。這不是地菜淨我要一箇人菜末
蕨芽巳長小兒拳。這不是人菜丑我要一箇
熱菜末千鐘紫酒薦菖蒲。這不是熱菜淨我
要一箇冷菜末黃精無苗山雪盛。這不是冷

菜丑我要一箇濕菜末雨中移得藥苗肥這不是濕菜淨我要一箇乾菜末兔葵燕麥搖春風這不是乾菜丑我要一箇細菜末杯傳千手送青絲這不是細菜淨我要一箇短菜末一尺雕胡似掌齊這不是短菜丑我要一箇猜採菜察末這諢不會元來你把言語來難我我也盤問你一件淨丑大扣大鳴小扣小鳴儘由你盤問末張如花我問你一件你

在宫中出入多年，記得宫中幾座門。淨這箇倒㮯你難殺，且住，待試數看。西江月爲問九重門尺，老身一一都讀。正陽後宰及長安，更有東華西苑。左掖遥通右掖，前朝近接承天。午門邊一箇狗洞不曾關，只有内養哥攢慣。末收好無禮，似玉姐，我也問你一件，你伏事宫妃采女多年，記得宫中女官有幾樣。丑決撒了，且住，待我數一數。西江月皇后娘娘爲主貴妃之下才人、昭儀怎比婕妤尊、更有美人親近、貴嬪充容並列、夫人世婦齊稱、老身官職也非輕、壓倒六宮紅粉、末收好誇口丑我是箇花狗、你是箇黑狗、末休閑說、前日曾分付你去宮中打點衣裝、曾完備麼、淨丑完備巳多時了、末如此你快去催儹上轎、淨丑傳他中貴命、喚得內人來、下外扮周勅使上

滿庭芳老愛清閑暫辭榮祿天恩賜與菟裘依

盡

依戀主下殿却回頭竚看灞陵衰柳正烟凝一段離愁空遙望皇陵縹緲十里隔明眸內家來也左右的廻避末天上人間方便第一下旦長門終日閉九重恩命又陟林丘似桃花逐水到處漂流下旦貼上聽得魚軒駕也別女伴執手難留合休回首昭陽舊寵從此隔重樓

相見科外這朝內家是劉無雙麼旦奴家正是外無雙娘子你知道父親劉尚書為何遭

此重禍、旦是朝廷見怪、把他屈陷、叵笑你元來不知、非關朝廷、是你父親衝犯盧杞、被他怪恨、當時買求一箇人、嗔做古押衙來刺你父親、那古押衙是箇好男子、不肯替他行刺、又去朝廷根底誣奏道你父親交通逆賊、因此屈陷了他。旦元來如此、古押衙是何人、有此好心。外古押衙是箇武官、少年爲父報仇殺人、又得免死、豪俠好義、天下有心人也、若

閑中放着最有閑鎖

有人交結他他情愿出力效而無怨［小旦］貼此人若非老公公説起來怎知世上果有荆軻聶政之流［外］

甘州歌黄花盡後漸小春梅蘂點綴枝頭軺車千里正值釀寒時候塵沙遠馳天廐馬雨雪輕沾御賜裘［合］棨鸞詔到鳳丘金符玉冊壯遨遊瞻仙闕望冕旒龍光瑞氣遶皇州［旦］前腔漂零骨肉憂想明珠何處破鏡堪羞繁華

神情亦在蕭
散白露之間

消歇只有山河如舊追隨又見長信月嗚咽如
聞渭水流合思前事憚遠投回頭拭淚下龍樓
蒼山秀白露收蕭條風物滿秦州貼
前腔寒雲結不收看雲邊鴈字點點離愁花情
月態怕見斷烟衰柳皇陵何處迷碧靄古塚誰
家臥石牛合魚軒驟鴈塞悠蛾眉憔悴怯三秋
關山阻雨雪稠斷腸羌管弄涼州小旦
前腔涼風入殿頭歎凄凄團扇棄置誰收馳驅

曲終尚餘嫋嫋有不盡之趣

山路也似孤眠宮漏承恩不貯金屋裏銜命空隨翠葆輧[合]君心別妾命淒玉顏漂泊幾時休花宮閉椒寢幽琵琶彈怨向邊州[合]

[餘文]解征驂投亭堠一燈孤影照人愁今夜裏清夢迢迢入帝州

[外]不將清瑟理霓裳 [旦]紅淚流珠滿御牀

[貼]總爲君王未相識 [合]可憐飛燕倚新粧

第二十四齣 [郵迎]

生上身居矮座且低頭暫寄微官不怕羞伏櫪尚存千里志卑棲終憶上林遊小生蒙王將軍提挈得了富平縣尹之職近日本縣長樂驛中缺了驛官上司差遣小生權管三箇月此處乃是官員往來之地終日伺候不得休息昨晚前驛打下報帖說朝廷差內官帶領宮女往先皇陵上打掃今日申牌時候到來必然在此宿歇要鋪陳下飯不免喚廚夫

驛吏分付則箇、驛吏那里、丑舞文無法治刻
木有威行、覆相公有何分付[生]外郎今日申
牌時候、勅使公公到來、宮女三十人、從人七
十名、牲口八十疋、要到驛中安歇、要安排上
等鋪陳三十副、下等鋪陳一百副、不知完備
未曾[丑]告相公、鋪陳完備、已多時了、[生]怎見
得[丑]但見畫堂高聳、綉幕低垂、欄杆盡挂珠
簾、遍地平鋪錦褥、紅羅幃、四角用金鈴倒綴、青

綾被、一團蘭麝薰香、珊瑚枕綉朶朶芙蓉、翡翠衾有重重春意、香爇龍涎、似嫦娥月下飛來滿身雲霧、燭燒鳳蠟、如仙子山頭間望一派秋光、象牙牀、龍鬚蓆、睡時魂夢也通仙、金花粉、玉鏡臺、粧罷妖嬈增百倍、除非天上方才有、便是王家也不如、端的好鋪陳、生委是好、你快去安排、丑告相公、這是十年前的說話、如今那里有、生怎的都没有了、丑都被前任驛官不用心偷的偷壞的壞了如今那里去尋[生]你且說如今的鋪陳如何[丑]但見破屋數間頹垣幾堵桌子上三寸灰塵起盡人夫揩不淨被兒底萬千補孔拋將東海洗難清四脚牀番身倒地只把亂磚支無頂帳仰面見天權將蘆蓆蓋破藁薦四五條點點尿痕逆鼻臭舊蒲枕兩三箇累累虱子咬人多板凳從來無隻脚與雞婆暫宿中間胡牀一

向不穿椶被老鼠咬來零碎東村借得箇沒嘴茶壺爭奈漏時無可塞西市買得箇半邊油盞可憐黑夜沒些油除非牢裏災囚徒受得這般活地獄［生］好怠慢見令勅使公公到來你却說這話快去打點務要依先齊整［丑］不妨那宮女們儘受得苦［生］你怎知道［丑］告相公古人有兩句詩道是回頭一笑着地蹲六宮粉黛無眂席［生］胡說若有一件不整齊

好生重治你丑相公可憐見、容小人去打典
下丑驛吏已分付了、廚夫那里、淨敢將刀匕
力、管待縉紳來、告相公有何分付生廚夫、勅
使公公到來、宮女從人、約有百十箇、都要晚
飯、要安排上等下飯三十桌、中等下飯一百
桌不知完備未曾、淨告相公、完備多時了、生
怎見得淨但見廚列八珍、筵開百味、軟炊紅
蓮香稻、細膾通印子魚、湖南海味氷將來、新

鮮渾似當時、閩地荔枝馬上遞、風味全然不減碾破鳳團、白玉甌中翻碧浪、煖來桑落水晶壺裏噴清香、伊鲂洛鯉、果然貴似牛羊、土膾金虀、信是東南佳味、眞個香羮烹七寶、誰言下筯了萬錢、手中金錯刀、何止殺山羊一萬頭、竈下石槽碾、那數貯胡椒八百斛、日日筵前香噴鼻、人人過處口流涎、端的好下飯生委是好、你快去擺下、【淨】告相公這個是小人十五六歲的話如今那里有生怎的都沒有了淨小人年小時隨父親到光祿司當官曾見這般富貴如今這驛中好生狠狽那里去討生你且說如今的下飯如何淨但見香料難周盃盤不整醃黃韲拌些酸醬炒荳腐少了香油細米飯未經杵臼喫來眞個咽人喉白鹽湯沒有茶菜呷下何曾解人渴韭菜滿盆都是帶生切就荳渣幾碗只聞隔夜餿

香沙盆內烏焦炒荳、陰司鐵骨丸也還强、尾瓶中淡泊村醪、婆子洗脚水也不似、人人一塊臭牛蹄、許多蛆孔、個個幾星膘羊肉、認似烏筋、除非餓得眼睛花、胡亂塡他口腹債生好無禮、見今勑使公公到了、你却說這般話快去餔饟、務要如法齊楚、[淨]不妨不妨、那宮女們儘受得饑餓、[生]你怎知道、[淨]古人有兩句道、楚王好細腰、宮中多餓死、生胡說、若有

一件不齊楚。好生罪過你。〔淨〕相公且息怒容

小人夫僤儸。〔下〕〔外〕

〔望江南〕千萬里。今日始爲頭。遙見驛亭烟霧裏。

暫停車馬解征衷。〔合〕此處且淹留。

〔生上接科〕〔淨丑〕長樂驛官接老公公。〔外〕起去。

〔生〕請老公公下馬。〔外〕叫牢子卸了鞍轡者。〔末〕

諾。〔生拜科〕長樂驛官磕頭。〔外〕起去。〔淨〕立起笑

科。老公公多時不見。髭鬚滿面。〔末〕胡說。〔外〕我

那里得個鬚來淨老公公你既沒有鬚小人這里也不敢有了淨自扯假鬚科末又道是剃鬚求謁外笑好好孩兒過來小外諾外驛官這是俺的牙兒你與他廝見生與小外揖科淨跪告公公小人告狀外你告甚麼淨告奸情事外告讒淨就告公公你與宮女通奸外這廝好打淨指外白老公公若不與宮女通奸怎生養得這個大兒子末收又道是謁

者監何由有兒外驛官我一路鞍馬勞倦安
排鋪陳我睡去也[生]是鋪蓋俱已完備請公
公筵席[外]筵席我不用内家們隨後到了好
好看待他[丑]領鈞旨[外]辭却京華富貴春[生]
却來孤館暫安身[末][淨]不堪回首長安道[合]
月慘風愁望紫宸[並下][夫上]
[三]學士霧縠雲鬟天上女謫向世路崎嶇香車
碾盡闗山月彈罷琵琶只自吁日落相將投宿

如畫

別有意味真堪咀嚼

處黯相對愁不語【旦】

【前腔】老母牽車留不住相看血染羅襦藍橋信是神仙宅不見當年擣藥儒客枕今宵腸斷處樓頭鴈窻外雨【貼】

【前腔】一自玉階辭聖主無意更理鉛朱此身不及流鶯好長宿昭陽御柳株莫話羊車當日遇轉教人流淚珠【淨丑】

【前腔】草榻竹牀炊脫黍那更枕冷衾餘大家都

摹情曲盡末以不訴出情爲妙

是金屋侶萬種榮華人怎如也向郵亭捱夜雨這磨折甚日除

[夫]孤館怨怨話夜長[旦]强含清淚上𥘞牀[貼]明朝又是塵沙道[合]雪暗雲黄各斷腸

第二十五齣[貢茶]

[末上]藍橋今夜好風光天上羣仙降下方只恐雲英難見面裴航空自擣玄霜小人塞鴻跟隨官人在驛中今夜内臣在此不免伺候

則個生爲托青童傳信息淚探月窟見姮娥塞鴻有一件事和你商量末跪官人有甚麽事生今夜宮女在此我只怕無雙小姐也在其內你與我探個消息末官人又來了掖庭內有三十六宮七十二院三千粉黛八百嬌娥更沒得差直差小姐到來你休痴心生你省得甚麽凡事不可意料大海浮萍也有相逢之日倘或小生與小姐姻緣未斷正差了

來也未可知你與我粧做煎茶童子在後堂淚處等候暗地瞧小姐在內我要見他一面這顆明珠是小姐與俺的你把與他爲信只等回報【末】恁的官人請出去小人自有分曉【生】眼望旌捷旗耳聽好消息【下】【末】我官人是個心風的天下那有這等事也罷我除下帽子梳個髻子撞入中堂去咱【淨丑】兒家門戶重重閉春色緣何得入來你是何人撞入中

堂、有何緣故、[末]小人是茶童、[淨]呸、怕没有婦人、要你男子漢入去、[末]你不知驛中常年是俺煮茶、並没有婦人、[丑]你驛丞的老婆在那里、[末]没有老婆、[淨丑笑]你便是他的老婆了、放你入去、不要則聲、老公公法度嚴緊、在他門下過、怎敢不低頭、[下][末]好了、喫我漏了進來、只在此間煎茶等候、[煎茶科][旦]

[長相思]念奴嬌、歸國遥、爲憶王孫心轉焦、楚江

秋色饒、月兒高、燭影遙、為憶秦娥夢轉迢漢宮

春信消、

街鼓鼕鼕動戍樓、倚牀無寐數更籌可憐今

夜中庭月、一樣清光兩地愁、奴家在這驛中

看看天氣晚來。呀、樵樓上已是二更了、獨眠

孤館、展轉悽惶、怎生睡得去、欲待與姊妹們

閑話、一個個都自去睡了、不免剔起殘燈、到

中堂去閑步一番、以消長夜、你看

【二郎神】良宵杳、爲愁多睡來還覺、手攬寒衾風
料峭、徘徊燈側、下階閑步無聊、只見慘淡中庭
新月小、畫屏閒餘香猶裊、漏聲高正三更、驛庭
人靜寥寥、

這是中堂、外面是前堂了、待我揭起簾兒看

【前腔】偷瞧朱簾輕揭、金鈴聲小、那一爐宿火、兩
個銅瓶、敢是煎茶之所、一縷茶煙香繚繞、【末
簾兒下有個內家來也、【旦驚退科】呀、元來有

淡淡寫來逼真光景的是無色之色

人在外邊〔進看科〕是個煎茶童子、那人我面善呵、青衣執爨、分明舊識手標悄語低聲問分曉、塞鴻塞鴻〔末〕呀、簾內莫非無雙小姐麽〔旦〕你不是塞鴻麽〔末〕小人正是〔旦〕天那、果然是萍水相遭〔末拜〕小姐果然在此〔旦〕塞鴻、你怎的也在這里〔末〕覆小姐俺官人見做驛官、着小人假做茶童打探不想果得相遇〔旦〕郎年少、自分離孤身何處飄颻〔末〕告小姐一言

幽恨萬種卻以數語摹出

人自分散後、賊平到京、逢着小人、正要同來拜見、不想遭這場橫禍、如今官人得金吾將軍擡舉、與他奏討得官、見做富平縣尹、權知此驛【旦】

【轉林鶯】宦中薄祿權倚靠、知他未遂雲霄、採蘋如今在那里【末】採蘋在王將軍家做義女、官人具禮去贖他爲妾、見今和官人一處、【旦】他到强似我鸎鶵巳占枝頭早、孤鸞拘鎖、何日

是傳神手

逼真處多少感慨

得歸巢檀郎安否怕相思瘦損潘安貌〔末〕官人雖是折磨却也志氣不衰容顏如舊〔旦〕志氣好千般折挫風月未全消〔末〕官人有明珠一顆着我送還説是小姐與他爲表記的〔旦〕明珠何在〔末〕在此〔與珠科〕〔旦〕

〔前腔〕雙珠依舊成對好我兩人還是蓬漂塞鴻我今夜要見官人你喚得來麽〔末〕這個使不得勅使老公公在外軍士們鐵桶也似把守

含情無盡酤
宵

官人怎的來得旦眼前欲見何由到驛亭咫尺翻做楚天遙楚天猶小着不得一腔煩惱末小姐有甚說話說與我傳與官人旦歎科枉心焦芳情自解怎說與伊曹末小姐修一封書備細寫下小人遞與官人看旦也說得是我房裡去修書末小姐快些霎時便要天明也旦理會得

啄木公子剪蠶繭展兎毫蚊脚蠅頭隨意掃只

寫不出愁恨正是愁恨之極是吳道子寫照手

怕我萬恨千愁假饒會面難消寫向鸞箋怎得了我那滿腔哀怨呵縱有丹青別樣巧畢竟衷腸事怎描只落得淚痕交【旦】

【前腔】書裁就燈再挑末袋重封花押巧【將書出與末科】塞鴻書已寫完了【末】有甚言語【旦】傳示他好自支持休爲我長皺眉稍【末】別有甚說話【旦】爲說漢宮人未老怨粉愁香憔悴倒寂寞園陵歲月遙雲雨隔藍橋【末】告小姐小人一

時思量不到外面老公公分付門子一個個出入都要搜檢小人把這封書出去被他們搜出却不利害其實拿去不得[旦]哭我也不想到此也罷我把這書藏在錦褥子底下待我去後教官人取來看[旦藏書科]

[哭相思尾]從此兩下分離音信杳無由再見情人了[旦]倒科[末]驚走[下][淨丑上]自不整衣毛何須夜夜嗥咱們一路勞倦正要睡哩不知隔

房劉家娘子一夜啾啾唧唧哭哭啼啼做甚麼老身方才吃他驚覺了不免去瞧一瞧[丑]呀怎麼倒在地上不好了祖武符孝順爹草頭天七顛八上天入十处九菜重芥周發殷手精眼南去北[淨]老妮子說甚麼[丑]劉娘子倒地生姜湯快來[淨]好也人要处哩你兀自打欹後語哩有這等慢心腸的待我叫丑你叫[淨]列位好姐姐可憐劉潑帽今朝懶畫眉

忽地玉山頹、渾如醉公子、口吐滿江紅、面皮豆葉黄、請過七娘子、將些江兒水、打碎生姜菜、都來玉抱肚、大家醉扶歸、扶去羅帳裡坐[丑]好少話兒、[小旦][貼]野花不種年年有、煩惱無常日日生、做甚麼囉唣、[丑]恰才來看劉娘子、不知因甚蹶倒在地、[小旦]這是受了辛苦中惡倒了、[貼]快把水來噴他幾口、姐姐甦醒、[旦]

心事竟不說明何等醞藉妙妙

【黃鶯兒】連日受劬勞、怯風霜心膽搖、昨宵不睡捱到曉【小旦】小姐爲何不睡、【旦】思家路遙、思親壽高、因此上驀然愁絕懵騰倒、【合】謝多嬌相將救取、免死向荒郊【小旦貼】【前腔】人世水中泡、受皇恩福怎消、何須苦憶家鄉好、慈幃乍拋、相逢不遙、寬心莫把閒愁惱、【淨】【丑】曙光高、馬嘶人起、梳洗上星軺、請列位娘子早梳粧、要趕路程、

旦 愁劇翻成病、小旦貼寬心寬作災、

淨丑 這番救得醒、下次撞棺材

尋取義士還宜婉轉如此容易便少關目

明珠記卷四

第二十六齣 會橋

生上 眼看楊柳高難折步入桃花落已空可惜春光不久駐只將清淚對東風苦只因宮女在此宿歇小生好生費心適來都已登程去了昨夜叫塞鴻打探消息不知如何不免喚他一問塞鴻那里 末 東君枉費牢籠計音信偷傳揔不知覆官人小姐有下落了 生 且

喜且喜你說怎的有下落[末]小人在中堂燒茶二更時分只聽得一個內家叫我元來正是小姐[生]果是小姐在內他和你說甚的[末]他備細問官人與採蘋的下落小人一一告訴送去明珠權且留下他要和官人廝見小人說法度嚴緊只寫一封書把來藏在錦褥子底下着官人去尋來看[生]小姐還說甚麼[末]着我上覆官人好自將息不要掛心說此

幾聲驀然倒地小人慌張走出中堂來了[生]哭科]堂前千里遠面對九疑峯我和小姐同在驛中宿歇只是不能勾厮見幸喜留下這封書且慢着鎖了驛門塞鴻我和你趕上小姐車邊去和他說句話兒[末笑]官人你又來了那公公手下軍士們前呼後擁小姐在七香車上綉幕中間怎生得見他[生]說得是却怎的好[末]小人有一計策不知中用麽[生]你

有甚好計、末小姐車兒須打從渭橋過、今日本縣差人修橋、官人及早趕上、站在渭橋邊、只做監修橋的官府、小姐過時、可以霎時相見、生此計甚妙、事不宜遲、我和你作急趕去、

生末饒他走上焰魔天、腳下騰雲須趕上下

外貼旦上

香柳娘趂天色乍明、趂天色乍明、促駕穿林莽、東方漸見紅輪上看迢遙輦路看迢遙輦路袁

草接天黃。清霜滿林亮。聽寒雲征鴈。聽寒雲征鴈。嘹嚦斷人腸。三三兩兩。［淨丑上］

老年當差使，天寒去做工，咱們都是富平縣百姓，官府差來修橋，前面便是渭橋了，不免將鋤頭鐵鍬在手，去掘他娘，遠遠見個官員來了，莫不是監工的，兄弟，下老實做，不做要打哩，［生］修橋的，你都過來，［淨丑跪諾］覆相公有何分付，［生］我一人與你一貫錢，你替我用心、［淨丑］小人是官差、怎敢受相公的賞賜、［生］我不要你修橋、要你拆橋、［淨丑］相公休哄我、怎麽倒要拆橋、［生］不妨、後面有一夥官員來也、你看他們車馬都過了、只等落後那一乘小香車兒來、就撤去了一塊石頭、由他歇在橋下、等自有重賞、你且權收下、［淨］兄弟這個使得、［丑］哥哥、既然相公尊賜、收了罷、［淨丑科］多謝相公兄弟、先把繩索做定、只等他來、便

音調不俗且宛轉關生妙妙

扛下去【生】有人問我時只說是監修橋的官員【淨】【丑】理會得但請放心【生下】【旦上】

【前腔】歎郵亭一夜歎郵亭一夜琵琶空響相思調不遇知音賞似牛郎織女似牛郎織女脉脉兩情傷盈盈隔河望恨無端夜光恨無端夜光我道你是藍田玉成雙元來是淚珠拋放【下】【生】

【上】那二十九乘車兒都過了只不見小姐的車兒遠遠望見來也修橋的你只等他來便

拳一段盼望情況逼真如畫

要下手、淨丑諾生

前腔 望香塵起處、望香塵起處、轔轔車轡佳人漸近頻顒望、願蒼天有意、願蒼天有意與我拆輪鞅不教他前往、願花驄解事、願花驄解事停驂駐橋傍、留連一餉、淨丑做扛石科 旦上立科

前腔 遇橋傾怎行、遇橋傾怎行、暫停車仗、見生科 呀、你是我哥哥王仙客、舉頭忽見寃魔障

生立低白 小姐、小生在此久等、肯容一面麽

旦 閣淚眼相看閣淚眼相看欲待訴衷腸怨
怨怎說向論此生長別論此生長別除非是夢
出宮墻暫同鴛帳 生
前腔 傍毡車立地傍毡車立地偷睛斜望春光
只隔流蘇帳 旦 解元怎生與你親近說句話兒
生 上前又作科 要相親實難要相親實難咫
尺在伊家如遮萬重障且竚立細看且竚立細
看 旦 解元你上前來 生 只聽得悄聲兒喚郎淚

紅浪字下得趣

沾○紅○浪○〔旦〕

〔前腔〕痛此身漂泊痛此身漂泊空成骯髒朱顏暗向閒中喪論隔絕此生論隔絕此生不若死君家魂魄得相向〔生還珠科〕姻緣既斷還你那珠免得思想〔旦〕這明珠是我贈你的怎麽又還我仍舊送你客中貧乏之費來供給書中之言望乞介意〔生拾科〕〔旦〕這明珠錦字這明珠錦字與你表思量芳心搖蕩〔淨丑扛轎面上科〕

真是無聊情思

旦舉手解元保重、我不敢久住、下生哭科小姐你又去了、兀的不悶殺人也、

前腔歎兩下沒緣、歎兩下沒緣、重重魔障、對花不語頻惆悵、這明珠可憐、這明珠可憐、本待再成雙、如何又撇漾、願化作兩錦鴦、化作兩錦鴦、和你飛入大江、脫離羅網、下外貼小旦

前腔念奴生嬌怯、念奴生嬌怯、不禁風浪、驅馳王事多勞攘、外你那一個内家、怎的落後了許

多路、才趕上來、[旦]告勅使、是奴家因到渭橋邊、橋面落下水裡去了、等人夫扛上來遲了一會[合]正西風釀寒、正西風釀寒冷入繡羅裳、隨風輕蕩漾、[外小貼下][旦弔場]恨滿懷幽怨、恨滿懷幽怨、不說與伊行、枉添悒怏、[下][生上]修橋的過來、你恰才見我和車兒裡的人說話麼、[淨丑]小人見來、[生]休對外人說這一錠銀子賞你們買酒吃、[丑]謝相公、你方才唱了許

多曲子小人也唱一個山哥與你聽生怎的唱淨耳聽車子無回音眼看嬌娘無處尋淨丑合灰挼猪尿脬乾搊氣法製麥門冬空費心並下

第二十七齣 拆書

鷓鴣天生上畫轂雕鞍狹路逢一聲腸斷綉幃中身無彩鳳雙飛翼心有靈犀一點通金作屋玉爲籠車如流水馬如龍劉郎已恨蓬

白亦有致

山遠，又隔蓬山幾萬重。小生用千方百計方才渭橋下瞥見小姐，他把昨夜明珠依舊送還。小生看小姐心中多少委曲，爭奈耳目衆多，恨恨而別。正是多情偏被旁人阻，會面空將淚眼看。且開了卧房，去尋書咱。你看鴛被縱横，餘香猶在，淚光潸潸，留於枕席，好生傷感人也。

【鎖南枝】開仙榻，動繡衾，餘香細細淚滿襟。驀地

一句一轉一字一思真堪叫絕

自沉吟早是不開思慮寢怕開了傷我心待不開心怎忍生取書科你看外邊錦袋繡成並蒂芙蓉內裏綵箋摺作同心方勝不要說他才學只那一段風流心性也堪爲女中狀元小姐教人怎麼不想着你且拆開書看說些甚麼拆書科薄命無雙再拜王兄狀元閣下松生孤岡巔皎質凌霜雪人生秉貞心千載那消滅與君少相愛誓言爲結髮豈意逐風波

恩情中道絕昔爲箔上蚕纏綿交以結今爲溝中水各作東西別相逢一室間邈若吳與越悵望諧故歡何由解羈紲聞有古押衙英名滿丹闕義輕千金贈勇灑吳鈎血君其念鄙姿爲余訪俊傑庶有磨勒神來救紅綃妾你看俺小姐這詩清新流麗不讓班姬團扇之篇抑鬱悲愁絕似蔡女胡笳之曲字過綵鸞唐韻筆情輸蘇蕙錦廻文不看也罷看了

到越教人煩惱起

【前腔】書看罷恨轉添蠅頭一紙細寫心指望再同歡只怕無由離紫禁豪俠士蹤跡沉却交人何處尋只不知那古押衙在那里且住待我喚塞鴻商量塞鴻那里【末上】惹出事來緣錦字載人愁去是香車覆官人有何分付【生】塞鴻小姐的書我已取來看了【末】那書上如何說【生】別的猶閒只一件小姐書上道是聽得勅

使公公說有一個古押衙乃是豪俠好義之士，你去求告他，必然有計策取得我出宮。教我那里去尋甚麼古押衙？末古押衙要尋不打緊，只是皇陵上有千門萬户軍士把守，古押衙插翅也飛不入去，小姐怎生得出來？生這個且由他，你說古押衙在那里？末覆官人，古押衙遠不遠千里，近只在目前，他正在富平縣村中住。爲何小人認得？只因前月官人

尋取押衙忒容易了

差小人下鄉到一個村庄去處見三間茅屋一個老兒坐在階上小人向前施禮那老兒請我吃茶我問他高姓他說姓張隣人又喚他古押衙看他模樣是個隱士因此埋名避俗只不知果是這古押衙麽生正是了我和你明日改換衣裝悄地訪他再做區處

前腔荒郊外試一臨褻衣輕騎同訪尋莫是好英雄暫向田庄樂瓢飲因傾國費盡心喫辛勞

結句更留餘地妙妙

受寒凛〔末〕

〔前腔〕低茅舍古樹林，村翁抱膝正苦吟。留客意慇懃，何意埋名隱官品。明日裏取次尋，是和非猶未審。

〔生〕明日改衣裝。〔末〕尋幽到小莊。

〔合〕果然遇豪俠。此事有商量。

第二十八齣　〔訪俠〕

〔小外上〕

〔鳳凰閣〕幽居僻徑，日暖柴門人靜，不聞車馬惱人聲。只有樵歌牧詠。隣翁相慶昨夜裏桑麻雨晴。瘴海風濤險。愁城烟霧滨。何如見幾者。高枕卧雲林。老夫古押衙是也。自從那年不從奸相之命。棄職歸山。聞得朝廷被朱泚逼逐。如今已得太平。老夫一向不出。不知詳細。俺思想起來。當時亂離之際。多少富貴的。死于兵革之中。爭如老夫枕石漱流。快活在山中度日。正是不貪紫綬金章貴。留得蒼顏白髮身。

相見處亦少
關目

[生][末]

[河傳]佳山秀嶺、似桃源淡處花香露冷、小小茅庵、松竹紛遮映、見高人、坐蒼苔弄日影、[生][末]古押衙拜揖、[外]官人何來、[生]小生姓王名仙客久聞古押衙之名、特來拜訪、[外]我姓張、不是古押衙、[末]老丈休瞞我、你正是古押衙、[外]老夫生于畎畝、長在荒郊、文不能安邦、武不能定國、並無寸長、何勞遠訪、請回請回、

【駐馬聽】百畝經營，老懶年來不到城，本是山林鄙性，麋鹿閒人，樗朽無能，何勞君子訪柴扃，貧家無可爲恭敬。【合】早早回程，看看日落西山景。

【生拜】

【前腔】甲末書生，久慕清風仰大名，你是長吟洛下，避俗秦中，隱迹青城，英華義氣照西京，高懷雅志耽仙景。【末】向日小人曾擾一茶，已識古押衙之名，已識眞情，何須更隱眞名姓。【外】請坐

請坐、實不相瞞、老夫眞是古押衙、因怕閒人攪擾、改名避俗、【生】敢問老丈山居、何以爲樂

【小外】

【駐雲飛】春賞紅映、夏日乘涼臥竹亭、秋醉黃花徑、冬玩梅花嶺、嗏、朝膳飯吳粳、午烹香茗、暮飲村醪、日上方纔醒、終日逍遙過此生、終日逍遙過此生【生】

【前腔】少習遺經、三十年來無所成、未遂雲霄逞、

未說出主意極是婉轉

枉受風波釁嗏從此厭浮名回頭自省跳出塵寰早扣仙翁逕免被塵緣誤此生免被塵緣誤此生〔小外〕你元來是俺父母官爲何不守職到此荒村〔生〕惶恐小生功名無成暫寄微禄特參老丈而來豈以此官爲事〔小外背云〕那生不知果然敬我麼我且試他一試〔外〕秀才莫怪老夫不知進退有一件事要和你說〔生〕但說不妨〔外〕有一故人曾救老夫性命欲將千

金報之爭奈家貧、無可爲贈、懷之心中二十年、今見秀才頭巾上綴明珠一顆、若得此珠其事便了、秀才肯解與我麽、生執巾背白這珠小姐所贈、怎麽輕與得人、罷罷、事到其間、不惜小費生此珠乃一故人所贈、名曰夜光珠其價連城不賣小生愛如骨肉、今日老丈要他、小生焉敢有違、解珠科小外可喜可喜、秀才不瞞你說、老夫世外之人、要珠何用、特

地把他來試你的心、你元來果是真心相敬、
你肯棄了官職、携帶家小來此村中同住麽、
[生]小生願賃一間小屋、與老丈隣居[外]好好、
和你逍遥自在、却不免些奔波之苦、[末]小人
收拾家火、就帶採蘋同來[外]
[桂枝香]官居臺省、曾叨寵倖、只爲愛山水窠巢
早離脫仕途坑阱、喜你志同心合、志同心合、果
然堪敬、和你結師生、共老林泉下、同期大道成、

到底不說破心事極是

生 前腔愚頑心性、荷君提醒、願棄了升斗微官、早學那刀圭金鼎、便攜家共住、攜家共住、同隣共井、學長生願把迷途指、相攜上太清、合 餘文功名富貴風花景、爭奈他世人不省、大火坑中早離形、

外 雅志書生真可喜、生 棄職携家共隣里、末 百年光景苦無多、合 何不求仙脫生死、

勃勃有究抑之氣傳神

第二十九齣 訴屈

外扮囚人上

西地錦 志氣長沖碧漢，今朝陷入深淵。思家戀舊愁千萬，凋盡素髮衰顏。

南歌子 晚景入桑榆，一點冤心甚日除。食缺衣單圖苟活，嬌妻陷在深宮，那得知寂寞。鎖幽居，歲暮西風吹破廬。最是夜深腸斷處，嬌兒去日容顏，想不如自家。只因一時忠憤，違忤權奸，陷身在天牢內，三年不得赦宥，日夜

只說愁不說怨至呼天而訴尤見忠臣本懷

憂念老妻幼女度日如年說不盡苦楚幸得大理寺官員憐我無罪時時周給衣食苟且偷生仔細思想我官居極品誰知有今日

【解三醒】念孤臣素懷國難却中他奸佞機關白璧一朝蠅作玷羈縲絏苦難言金雞幾時銜赦免細把胸中屈忿瀉愁無限只落得一聲長歎上徹蒼天

【前腔】歎一家鳥飛星散舊池館多應是茂草芊

名韁利鎖中誰知是夢幻空花。

拆鳳侶鴛雛遭穽檻生和死信誰傳玉帶金魚都不見真個過眼雲烟一餉間眉慵展只落得萬千珠淚下滴黃泉。

玉連環 貧賤長思求富貴富貴危機在眼前眼前危難危難臨身悔也徒然徒然早知今日不戴儒冠儒冠容易生讐怨 又 聞說滄江多隱地隱地須無橫禍纏禍纏迷戀迷戀繁華多少冤牽冤牽早知今日江上持竿持竿江上無人怨

只管交懽不許真情最爲委曲傳神

潤沾字妙

只爲功名誤此心　功名惹得禍來侵
當時早逐漁樵去　縱有寃家何處尋

第三十齣　慶俠　貼上

喜遷鶯　彤雲四起看雨結空花風翦飛絮客酒香閨潤沾書幌兩邊心事難舒不作烹茶清苦未許羊羔富貴仗村醪與江梅排遣萬種嗟嘘

浣溪沙　一夜西風釀苦寒朝來飛玉滿林端推窓四顧失青巒綺閣紅爐如過夢茅簷村

音調楚（楚）

酒且隨緣人生聚散也由天妾身採蘋跟隨主人王解元在任近日尋取一個老兒號爲古押衙解元不知怎的這般敬他一旦棄了官職搬在這山中共住今日雪天又是古押衙壽誕之日昨晚分付妾身安排酒殽請押衙慶賞如何此時不見到來【小外】

一枝花

饑鳥依凍㝢倦鴈迷寒渚【生】爭如遼海鶴遠飛舉不戀稻粱獨宿山中樹【末】渾如你林

妙

下渶處不比羣兒向火趨炎爭聚【相見科】【訴衷】

【情】【外】玉爲山瑤作地萬斛明珠掩盡寒林翠

【生】頃刻塡平崎曲處怎不塡他心上難平事

【貼】眼慵看樓倦倚不見當年煖閣圍爐侶【合】

惟有彤雲千萬里凍合秦川水【外】秀才一向

感承厚意昨者天寒又蒙柴米之賜今日又

替老夫慶壽何以克當【生】老丈我和你情如

骨肉區區之奉何必掛齒【合】正是氷心似與

生姿二字有態

江梅皎白髮長將瑞雪欺但願年年常此卜

共君同醉太平時【生】塞鴻將酒過來【生】把盞

【科】

【錦堂月】殘臘生姿。。。。朔風弄巧剪就一天飛絮光

照金樽掩映素髮堪數顧山中歲月迢遙似庭

下松筠蹯踞【合】歌金縷看取歲歲開筵雪天長

聚【貼】

【前腔】愁覷點點梅欲沈沈春信寂寞一枝難遇

徵骨之譚

繪景有韵

冷入龍樓有人目斷宮宇似今日悶撥紅爐知
何日同斟綠醑【合前】【外】
【前腔】堪取茅舍踈籬清歌慢酌須信餘生幾許
【生嘆息科】【小外把酒】秀才對景開懷不須苦
苦嗟吁論浮生一點空花打熬得幾番寒暑【合】
【前末】
【前腔】須臾歷盡踈株遮藏古寺一望碧山何處
江上漁郎短簑罷釣歸初爭如他煖閤酬歌不

影喻交情甚有意味

知有隆冬冬寒苦【合前】【生】

【醉翁子】交趣似淡泊雪花佳處【小外】須不比尋常覆雲翻雨【貼】貧窶愧無可祗承漫把虀盤薦韭葅【合】齊祝取願兩下康寧長醉茅廬【外末】

【僥僥令】金卮傾綠醑玉屑滿庭除共江梅照映衰顏好爛醉倒花前歸去【徐生】

雋語有致

【十二時】留連雪霽方歸去【外】把鶴氅蹁躚笑舞【合】回首朦朧月滿株【生】寒鴻老丈醉了你扶

描寫古押衙處直欲逼真

英雄氣槩

了他同去、〔末〕小人送回

〔外〕衰老逢君有厚情、〔生〕一杯村釀說平生、

〔合〕得歡笑處須歡笑　莫負飛花照眼明、

第三十一齣　吐情　〔小外〕

〔滿江紅〕〔前〕一點雄心挐不定老來偏熱向林下浩歌起舞、劍光如雪、功業難描麟閣像、隱居且卧青山月、猛思量、世上不平人、牙關折、太行嶺上、三尺雪、壯士懷中、三尺鐵、一朝若遇有心

人、出門、便與、妻兒、別、老夫與王秀才往還一年、荷蒙好意、事我如父母一般、只一件、此人終日嗟嘆、欲言未果、必有憂疑不决之事、老夫平昔以濟人爲心、倘有用力處、與他分憂、待他出來、仔細盤問、便知端的、生

滿江紅後心頭事、何日滅、眉頭恨、終朝結、沒人時、暗地成悲咽、相見科外年少何須多感慨、請君就裏分明說、生低唱恐他心未卜似吾心、權

妙

遮拽〔小外〕秀才終日愁眉爲着誰〔生〕此心未許外人知〔小外〕今朝請把衷腸訴與你消除莫待遲秀才我見你終日皺雙眉時常含淚眼必有緣故仔細說來俺與你分憂〔生〕老丈小生沒甚事〔小外〕秀才我和你相處一年情如骨肉些些小事何故相瞞〔生〕端的小生沒甚煩惱〔小外〕秀才我好意問你却不說罷罷我本將心托明月誰知明月照溝渠〔小外〕虛下

極有關目妙妙

潛上聽生自古道逢人且說三分話未可全拋一片心我心上爲無雙小姐舊約指望偷出宮中再成夫婦求得這個義士奉承一年未知心事如何若幹不成反惹大禍因此遲疑不說老丈本欲開言說事因只愁心事未全眞小外霸王空有重瞳目有眼何曾識好人秀才你元來兀自不知我的爲人老夫義胆包身奇謀蓋世一點心常思濟物半生裏

壯哉咄咄爲英雄生色

路見不平、胷藏黃石公素書五千字、錦綉煒煌、手運朱亥鋏鎚八十斤、風雲閃爍明晃晃腰下吳鈎、要斬人間無義漢、白泠泠手中寶劍、敢誅今日佞臣頭、長吁氣、直教天昏日暗、慘慘黑雲生、喝一聲、要使鬼哭神嚎、轟轟山石裂、斬草必除根、笑子房空中副車走秦帝、爲人須爲徹、罵豫讓枉將匕首斬空衣、報父仇于都市、提將賊首滿城看、藏形跡于溪山、跳出蕭何三尺法若有好意相投情願替人一死可惜一腔熱血不曾賣與知心秀才仰荷深情結爲死友粉身無可爲報有事與你分憂仔細説來切勿隱諱秦中壯士氣何豪袖裏深藏魚腹刀感得深恩爲君死輕生一擲等鴻毛

【生】旣如此請老丈坐地容小生拜禀

【宜春令】承尊問敢訴陳念卑人早亡了二親【小】

外 你父母雙亾、靠着何人、生 荷蒙於舅十年撫養恩情盡、小外 舅舅是誰、生 户部尚書劉震是也、他有一女、名曰無雙、垂髫時分膝下同嬉竹馬羣、小外 曾有約未、生 當年許成秦晉、小外 後來成否、生

白練序 艱辛、再三懇、無奈東君阻舊姻、小外 他悔了前言、生 將成就驀遇兵戈逃奔、小外 是遭了朱泚之亂、生 俺舅舅是忠臣受屈憤、毋

佳語

芳恨字妙

新悶字妙

女滚宮禁此身、【小外】是劉公被盧杞害了、【生】金籠困、一雙鸚鵡兩地傷春、【小外】是你妻子禁在宮中、【生】

【醉太平】佳人差去皇陵掃汎郵亭邂逅對面難親、【小外】無雙差在驛庭中相逢來、【生】雲箋錦句、細寫心中芳恨、【小外】寄書後得見一面麽、【生】勞神渭橋瞥見暫停輪、【小外】說些甚麽、【生】奈耳目紛紛難近、更被兩行秦樹、重遮淚眼枉添新悶、

小外他那書中怎的說、生

白練序慇懃訴衷悃、稱說明公姓字眞、小外他說俺如何、生高風震胷中經緯如神、小外老夫有甚能直教小娘子也知道、生因此上山村奉事勤、感荷年來骨肉恩、小外爲何煩惱、生心長忖、未知成敗、欲言還恐、小外要俺怎的、生

醉太平長門望眼、頻頻指望、藉伊好討、再結佳姻、小外老夫無可用力處、生你好把偷天巧手、

三〇四

前面直恁勇敢此處直恁躊躇曲盡英雄本色若此

折取上林春信[小外]敢是要入宮傳個消息[生]

未哩憑君勾將織女下天津引姮娥離却水晶宮闕[小外]直要偷他出宮[生]望伊垂憫休生退步莫辭勞頓[小外]元來如此大難大難[生]

[收音]你義勇從來四海聞這姻緣在君方寸休得臨時想脫身[小外]秀才休怪俺昔日曾言不

報父母之讎妻子之怨替你出力欸而無悔

爭奈此事非通小可不敢奉命[生]老丈前言

處亦容易承認便是舞男子矣如何成得事且口中作難胸中已作計校傳神

巳定，何故推辭。[小外]秀才，皇陵上有千門萬戶，鐵壁銅墻，敕使掌鑰，軍士守門，便是神仙也入不去。委的下手不得。[生]適來老丈自稱恁般謀勇，到此便已推辭，敢是奚落小生。[小外]

[梁州序]秀才，皇陵路阻，秦宮雲滿，萬戶千門遮斷。從教插翅飛騰，不到人間，便有摩雲快手，挽日長戈，到此難施展。秀才，更有一言，傾城佳麗，

色滿長安，何必區區戀舊歡。【合】殘燈下，小窻畔，把衷腸舊事都提遍，休漏洩，被人見。【生】

【前腔】齊眉盟約，垂髫嬿婉，一旦芳期中斷。重重金屋，無端鎖住嬋娟。枉自情牽，梧葉夢入藍橋，不見桃花面。知君多意氣，好心堅，願把鸞膠續斷絃。【合前】【小外】罷罷，昔聶政一言而皮面自決，季布一諾而千金不移，士爲知己者死，女爲悅己者容。老夫既許秀才一死，怎敢推辭，縱

事有甚難也當舍命爲之決不負約。（生）荷蒙老丈見許，何以爲報。（小外）

【前腔】念郎君寄意堪憐，更知巳深情非淺。旣一言相許，九牛難挽。只得謀擒玉兎，計捉金烏。不敢辭危難，古人然諾處，重丘山。我怎肯畏死貪生，不向前。（合前）（生）

【前腔】恨嫦娥遠隔天邊，倩青鸞寄傳幽願。喜東君有意，與人方便。若得暫偎香枕，再覩芳容，萬

不說出所以妙妙

欵心無怨荷君多計策、妙通仙、願駕虹橋到廣寒。○[合前][小外]秀才、你且回去、一月之内、自有回報、不須挂心。[生]恁的小生專等。

[外]重感郎君分外情、[生]爲吾方便覓卿卿、

[合]從教上苑花如錦、野鹿銜將出禁城。

[小外弔場]元來王秀才要老夫用計偷取無雙、此事實難、爭奈老夫已許他一欵、決不食言。昨者打聽得茅山道士、有一種妙藥、不免

押衙之于道士頭如子房之于四皓若說臨期求取便蕃甚矣

到那里買一丸來自有妙計事不宜遲來早便行欲施探海計須用返魂香

第三十二齣 買藥

末扮仙人上

北點絳唇 雪霽梅稍霜風弄曉銀蟾小一派笙簫引出蓬萊島

小道乃陝西茅山仙子位下一箇徒第是也自幼隨師父隱居山中修眞養性服藥求仙受天外之逍遙避人間之喧擾自是一般受用怎見得受用但見秦苑名山

函關福地，隱客避人之境；仙人修道之鄉。層層疊疊，重巒削翠，分明華岳三峯；突突兀兀，峻嶺橫空，那數廬山五老。白日行天難得過，浮雲出洞本無心。醮壇邊，松竹森森；講堂下，烟霧細細。門種董公千株紫杏，庭棲蕭史一對青鸞。高高下下，長廊古殿；吻吻蒼鹿銜花，纏纏綿綿，靈葛壽藤；兩兩玄猿摘果，山岩裡幾處琳琳琅琅，璁璁琤琤，如敲玉磬，擊金鐘

的數道清泉噴寒玉頭直上一聲啞啞啞
溜溜亮亮似奏龍笙吹鳳管的一雙白鶴唳
秋天明晃晃琉璃燈底溪夜叩玄君馥郁郁
瑞腦香中清晨朝北斗水秀山明自是仙家
眞富貴花開葉落不知世上幾春秋清清淨
淨石牀上不染半點塵埃杳杳冥冥藥瓢中
藏盡三千世界清清朗朗山頂笑聲高玉女
彈碁得勝叮叮東東雲頭環珮響茅君謁帝

歸來、每日價看誦的、是道德經、蘂珠經、洞玄經、黃庭經、靈寶經、句句勤勤懇懇、喚醒塵夢指迷途、不時間來往的、是廣成子、赤松子、甯封子、絕洞子、太陽子、人人散散消消、共酌流霞醉明月、着一雙蹺蹺蹊蹊、多耳麻鞋、曾踏王母瑤池宴、穿一領蹁蹁躚躚、白翎鶴氅、長染玉帝御爐香、閒看下界、奪利爭名、紛紛擾擾、百年裏似撲火燈蛾、俯視塵寰、五湖四海、

刻畫仙家每
真

縷縷絲絲、一望中如幾條衣帶、蟠桃熟時、入口已歷九千歲、銅人鑄就、轉眼俄驚八百年、夜光芝、螢火芝、青雲芝、白符芝、龍仙芝、鳳腦芝、煒煒煌煌、都是瓊圃靈葩、餌來白日飛昇、青華棗、赤心棗、玉門棗、房唐棗、信都棗、安期棗、無非仙山名果、喫了後天不老、左龍右虎、煉成九轉金丹、焰騰騰光侵碧漢、抱一含元、運得兩儀妙用、氣飄飄口吐青虹、夜夜朝朝納新吐故、潛收靜處功夫。來來往往、坐在立臥、那覓山中踪跡、人笑我無子無孫、做下嬰兒懷胎、十月滿足、不要他好妻好妾、養成姹女純陽、一氣周流、任你特地來求、三千弱水、中流便值狂風、若是有緣得見、數着殘碁、歸去已無家業、神仙只在丹田內、聖主何須碧海求、道由未了、師父早來、（外扮仙人上）

【北雙調新水令】道人家在碧雲稍、白玉樓、好山

如此前定又不見押衙俠骨矣

環遶採梅開竹尺採木渡溪橋兩袖飄飄唱一曲清眞調[相見科外]徒弟我受職天曹掌管天下婚姻之籍昨有鄧州王仙客與妻劉無雙本是一對姻緣爭奈時運未到不能相遇押衙古洪乃仙都散吏謫在人間合替他出力救取無雙出宮再得完聚今日古洪到此買藥不免下山賜與一丸續命膠就把幾句言語打動他出家多少是好[末]領法旨師父請

行、合

駐馬聽丹墊風高低舞松枝動鶴巢蒼林月皎。細消殘雪點寒袍步虛輕躡彩虹腰、回頭指點滄溟小散步逍遥、一聲漁鼓千山曉、小外

南風入松慢五雲樓閣鬱岧嶤聽玉珮頻摇你看仙翁兩兩乘鸞到、拜科整衣巾、拜倒在山坳、怎辭得沾濕霜花露草、外末回身不受科小外却怎的全不采反心焦犬仙受禮、外末這

了無俗韵自是塵外况味

老兒好笑、是甚麽大仙

北滴滴金 咱兩個是雲海浮沉烟巒笑傲猿鳥嬉遨、又沒甚奇術動賢豪、若不是病眼昏花、敢則是老年衰憊、却怎的狂言顛倒、小外 大仙休瞞我、外末 硬把咱做仙人叫、

南風入松 小外 我見你神清骨秀氣飄蕭、你是神仙休得假推掉、弟子可、平生苦覓金光草、沒眞師枉自劬勞、今日裏、不費半點功夫尋着、

認得大真

怎不識雲態度鶴丰標。〔末〕實不相瞞，俺師父乃九天主婚丈人，小子乃上清弟子是也。古洪你來此何幹？〔小外〕弟子有事相求而來。〔外末〕北水仙子，莫不是貪生願取壽齡高？〔小外〕不是，〔外末〕莫不是慕賢還求禄位迢？〔小外〕也不是，〔外末〕莫不是厭貧要覓金和寶？〔小外〕都猜不着。〔外末〕你敢則是禮真師求妙道？〔小外〕弟子一來訪道，二者特來買藥。〔外末〕却元來是覓

影語亦不俗

靈丹遠訪蓬萊俺這里有化鐵石成金藥起死屍續命膠你要那一件仔細說進退根苗〔小外〕〔風入松〕弟子呵昔年曾侍紫宸朝怕的是富貴塵囂因此上採芝乂向青山老則爲惹閒情結下兒曹許他向溲宮拈花弄草敢求取麟角劑成就他鳳鸞交〔外末〕

〔北拆桂令〕你元來是葢世英豪怎不早離形辦道兀自受欲火煎熬你須知臭腐形骸寬讐骨

達者之言堪為夢境中人指迷

肉也則須拋卻、戀他酒盃來往、兒女風騷、試看咱洞中仙侶、天府羣寮、每日價攜手上青霄、逐隊醉蟠桃、眞個是機心化盡、俗念都消、〔小外〕弟子也知道、

〔風入松〕世情爭似道情高、千不合萬不合向金石契塡招、一言駟馬追不到、只得替他噴火吞刀、了卻寃家煩惱、那時節探瀛海、訪松喬、〔外〕徒弟古洪雖有求道之心、爭奈他塵緣未斷、必

須再去成就好事、更兼仙客無雙、還有五十
年夫婦之分、不可留他、你與我取出續命膠
一丸與他、〔末〕古洪過來、〔小外跪〕〔外末與藥科〕
〔北殿前歡〕這丸膠鳳脂麟角兩和調、仙翁金鼎
親成造、混入香醪、入口俏魂消、三日後還驚覺
管取他百年隨唱、一旦成交、〔小外〕
〔風入松〕相思有藥眞神妙、也不用赤繩繫繞、管
教一對團圓好、恩情擔揔是他挑、這書生福分

非小直教兩仙翁便與成交、（外）末古洪、此去果成了事、不可不早來、（小外）得蒙仙師指教、弟子只在三月之內成就此事、重拜仙壇、（外）末

（北鴈兒落）試看那苦海底波濤惡、爭似咱碧天邊雲月好、早別却有貪嗔人世累、來同受無榮辱山中樂、（小外）弟子即今拜別

（風入松）留連不忍出林臯、歎仙俗難遭、這回又入人圈套、知甚日天路相邀、怕桃源萬花深杳、

空目斷這山遙外末古洪休忘了眞言早來同住小外謹領師命誤入蓬山頂上臺外人間何戀却歸來末塵心未斷俗緣在合何不學仙塚纍纍小外下外

離亭宴歇拍煞人生七十從來少又憂愁風雨相纏繞欲遂五岳遊直待得婚完嫁了怕蹉過少年朝偷閒處頻把金樽倒何苦去長對牙籌較縱不能辭家訪丹砂也合自載酒看花鳥與

清夜聞鍾那得不發人深省

良朋同歡笑你道是富貴一時求正不知人生八字定枉勞你巧做千年調猛推開戲偶場單揭起彌天罩試看九泉下一滴何曾到一任伊孔方兄滿前堆只怕他閻羅老討名召

【清江引】天都來世人也都知道畢只是回頭少跳出慾火坑便是金丹竈你不悟呵失却人身何處討

【外】賣藥修琴歸去遲【末】白雲何處又相期

描一股俠骨如見熱腸

【合】人生一世長如夢　萬事回頭早拂衣

第三十三齣 【設策】 【小外上】

【賣花聲】機事苦縈思萬轉千回今朝次第有成時若還偷得佳人到方報相知 心慌猶恐他人聽事密須將緊口防老夫爲王仙客一點敬心替他捨命幹這一事昨日已曾買下仙丹不免假造印信寫一封詔書賜無雙藥酒藥殺了他老夫自去贖取尸首救他重生再得

不獨豪氣勃勃且宛轉淋漓更饒迴風舞雪之態

完聚事不宜遲文房四寶在此不免寫詔書

則個執筆唱

三仙橋展開黃紙驀地沉吟思憶染毫欲下縮

手還自慮怕下筆處風波起一塲違法事眞消

得木驢碎尸我成不須提又把書生累怕恩多

成怨悲待將扯碎又負了初時信誓寧可成裏

去求生不做偷生在人世罷罷大丈夫許人以

成何必多疑

激烈處却要縝密纔見豪傑伎倆

【前腔】猛然怒起丈夫豪氣替人出力【脫巾投地科】怎怕得頭顱墜奮筆寫何須慮生來命不濟不能勾翰林簪筆却去閉戶寫私書書去傳千里數行字瞞天地有誰知得寫完時封題印記又怕有耳隔墻悄悄低聲念取詔書寫完要採蘋塞鴻賫捧送去昨日親與王仙客借了又借到明珠一顆如何此時不見到來【貼本上】

眼兒媚慇懃領命到荒山心事未相關攀花問柳勾鶯引燕方寸心間相見科外你兩個來了明珠有麽貼末明珠已取在此俺二人奉主人尊命與老丈幇扶只是妾身女流之輩手無縛雞之力如何濟得事末小人一竅不通其實沒用外你兩人休慌俺自有妙計貼老丈有甚計外你聽我道

本序套寫皇宣貼寫下假詔書外倩嬌娘假做

妙

中宮粧扮〔貼〕要妾身粧做內官賫詔去〔外〕賫藥酒藥取佳人氣斷〔貼〕解元要你生取出來你却把他藥死了終作何用〔外〕靈丹死後重生不須疑憚〔貼〕怎的出得宮來〔外〕莫賫親去贖尸還〔貼〕將何爲詞〔外〕自有巧言相騙〔末〕告押衙採蘋不過一女子怎做得這事〔外〕你不知昔日木蘭代老父而出征人都不覺紅線至魏博而偷盒止却反諜據這小娘子雖無紅線之

報主亦是大俠

原不要似男兒

才也有木蘭之智、便幹不成、也不到得敗露、小娘子你敢去得麼、〔貼〕

〔前腔〕情願報效恩人、舍生前去效而無怨、〔外〕得你這般肯去、大事便成了、〔貼〕只怕空遭難、好事難完、〔外〕不妨、一路上驛亭旅店、俱已受了賄賂了、〔貼〕只一件、容顏不似兒男、〔外〕不妨、看你模樣、也像個內官、〔貼〕更言語參差、被人瞧見、〔外〕也沒事、你只小心、不要多口、〔末〕放膽、天與

恐怕塞鴻動火

周全管取平安往返、【外】小娘子、老夫備着一套紗帽羅袍在此、更換了衣服、就此起程、【貼】妾身就換【貼御冠科】

【旦】輪臺脫花冠、把烏紗小帽罩雲鬟、【換衣科】羅衫解下、把羅袍換、【繫帶科】帶鈎玉碾別樣風流、轉添嬌艷、【外】待我去瞧一瞧、果然天生的一個年少中覓、沒有兩樣、想唐宮難覓這箇殿頭官、天香袍染、駿馬鳴鞭、出長安、市人應羨兒郎、年少金貂貴顯誰道把伊躭【末】喬粧扮元來是綺羅香裏俏嬋娟【外】小娘子聽我分付【前腔】你心堅粧模做樣到陵邊他那里有進退周旋也須打點上馬登船牢把朝靴套挽休露足纖纖更把柳腰遮掩和衣臥莫遣旁人見用心防範【貼】妾身都理會得【末】遇人時須有花言倘然看破同投羅網怎生脫免【合】但願早回還保平安大家離脫鬼門關【外】小娘子你在路上

小心、到皇陵上、遇人盤問、慢慢打點囘話塞

鴻倘有不到處、你在傍邊接應、倘若事敗、同

是一死、[末]小人理會得、[外]

[餘文]齋烏酒奉鸞緘、放心去、皇陵一遍、[合]管取

喚得流鶯出御園、[外]小娘子仔細仔細、[貼][末]老

丈放心放心

[外]大膽佳人賽木蘭、[貼]假粧男子到陵間

[末]若還偷得春情出、[合]方顯奇謀難上難、

押衙烈士作事决當萬全豈有不預訓習而以不經事女子嘗試者乎殊失檢點

第三十四齣 僞勅 外上

【菊花新】春寒懶下小蒲龕經卷香爐伴午酣。嫩柳舞毿毿漸禁林好花粧點。乞得山林自在身不隨車馬走風塵深宮宴起無他事一點名香祝聖人下官勅使周全的是也蒙聖恩差到皇陵上掌管月支請受好生富貴門無公事多少清閑今日孟春天氣餘寒未退老年愛靜怕有閑雜人攪擾不免嗔牢子謹守府門則箇牢子那里、淨上有事不敢不報、無事不敢亂傳、覆老公公、朝廷差高品內使齎奉勅旨到皇陵上開讀、已在宮門外了、外排香案迎接貼扮內官捧勅旨末扮祗候從棨酒同上

前腔一封丹詔下關南、就裏深謀誰敢參、香霧罩林嵐有眼的遮漫不見、聖旨已到、跪聽宣讀、

勅皇陵使周全義起君臣情莫重乎謀逆、迹

連黨惡、禍必及于妻奴。故戶部尚書租庸使劉震、總累朝之厚恩、受逆賊之僞命、除將明正典刑外、妻子俱合隨坐、其女無雙、見在皇陵。朕欲戮之都市、仍又憫其無辜、特賜藥酒一尊、令其自盡、詔書到日、卽令引決、嗚呼、剪除逆裔、不遺宮禁之羞、昭告皇陵、庶快祖宗之忿、咨令有司無或遲悞、外淨萬歲萬歲萬歲萬萬歲、外左右的接過了聖旨、分付宮中老婢送藥酒與無雙娘子、早早引决、淨賫將紫禁黃封酒、斷送紅顏綠髮人、下外天使請坐、貼老公人請坐、外背云這後生俺不認得他、待盤問他一番、敢問天使是幾年上入宮、賫庚多少、貼下官大曆十八年入宮今年賤齒三十一歲、外大曆只有十四年、那有十八年、貼是十四年、下官說差了、外此時下官在朝怎生不相識、貼不語末背云不好了、待我回話、

〔末〕云老公公宮禁中無數中貴你怎認得〔外〕敢問天使如今祗應那一宮〔貼〕下官上陽宮聽宣〔外〕天使差了上陽宮乃宮女退居之地天使怎生住得〔末〕是俺公公說蹉了正是昭陽殿〔外〕也罷你認得今上皇帝怎生模樣〔貼〕皇上龍顏五短身才三牙掩口細鬚〔外〕又差了今上身長七尺面若銀盆那有髭髯〔末〕是俺公公又說蹉了他只道是先帝的模樣因

此誤答[外]這天使莫不有詐爲何說話蹺蹊[末]老公公休多心俺小公公年紀小一來路上辛苦二來得了風病因此語言顛倒[外]元來恁的天使少坐洗塵筵席[貼]下官限期迫促只此告辭

[三換頭]卑人愚昧仗托聖恩擡舉正途中病染君聞事怎提休生疑慮[末]論同官如兄弟有差遲煩君指迷早赴雲霄路難追日月期[合]辛苦

星軺歸去、願東風送馬蹄、【外】【前腔】逍遙暮年、九重恩賜此身雖在外、心長在禁闈親承聖旨、這罪人隨當藥取諭國法敢容片時他犯着龍鱗怒難寬霜霰威、【合前】

【貼】紫泥封詔下天來、【外】紅粉佳人化作灰、

【合】無那思君弁戀闕、五雲西去首重回、

【貼末弔場】【末】採蘋姐、你險些兒被他看破了、

【貼】便是奴家女流之輩、一時不能支持、【末】事

已成了、快去回覆古押衙、待他連夜打點贖取尸首、合正是一心忙似箭、兩脚走如飛、並下

宇字真所以

宇字衷

怨氣滿腔

明珠記卷五

第三十五齣

（旦手捧瓶酒詔書上）

【山坡羊】恨悠悠盼不到的故里、冷清清守不徹的宮宇、杳冥冥望不見的長安、高渺渺上不得的黃金陛、白日低浮雲又重蔽天高怎訴胷中意、千古傷心、一腔冤氣、【哭唱】親闈黃泉無見期、夫壻來生重見伊、奴家不幸陷身掖庭、指望天恩、一家完聚誰想朝廷把爹媽害了、今日又

差使臣賫賜奴家藥酒自盡、天那、悶的我好苦、正是兵戈不見老萊衣、一去東流何日歸、無復新粧紅紛黛雲搖雨散各分飛、

前腔 一怨我生不逢得平世、二怨我死不見個親戚、三怨我葬不上得先塋、四怨我祭不着的漂流鬼、空自悲、此生如過隙、東君枉付多嬌體、筭却繁華、渾如夢裏、

哭唱合前 春日凝粧上醉樓、眼穿腸斷爲牽牛、那堪一夜風和雨、別作

深宮一段愁、

【前腔】誰憐我父死在都市。誰憐我毋死在幽閑。誰憐我夫君漂泊天涯。誰憐我闔門都散徙。春正迷。寂寞花無主。傷心不見春風美。只有孤塚年年。草痕交翠。【哭唱合前】無處春陽不斷腸。可憐飛燕倚新粧、鴛鴦綉帶拋何處、一曲伊州淚萬行、

【前腔】做不得碧玉并死。做不得綠珠樓墜。做不

骨醉字下得妙

得妃子羅巾到做了二姬寃骨醉有誰知一死成何事願魂化作孤鴻去萬里西歸與雙親一處。

【哭唱合前】香魂夜逐劍光飛舞影歌聲散綠池路遠西歸安可得何年却向帝城棲【丙云】老公公鈞旨請劉無雙早早自裁不得遲延帶累不便【旦哭手執酒科】

【孝順歌】這酒呵本是合歡盃解悶卮一朝翻有殺人意聞得有中山千日酒便做中山千日味

一字一怖真堪墮淚

千日完時還醒起，怎比這盃喫了，須教千古醉。腐腸爛脇須臾裏。想當時銷金帳羊羔酒，多少富貴，怎知有今日。手把金尊流涕，思憶當年，孤負銷金帳底。

因請劉無雙早早自裁，不得遲延，帶累不便。曰怎的這般催促，也罷，千死萬死，終須一死，不如早喫了酒罷。取酒又放下

前腔盃擎起，手又低，手軟心酸怎生喫。狂藥非佳味，怎與奴家命遭際。死在須臾，君令如天怎

悽楚之音讀之腸断

逃避、三寸氣斷離人世、那有人來收殮、罷罷、身後茫茫便做金槨銀棺何濟〔内〕請劉無雙喫藥老公公立等回報、〔旦〕苦、那廂又催促也、怎由你不喫、罷罷、

〔尾〕天涯客死無依倚、今夜裏飄零紅粉墜黄泥血污遊魂怎得歸〔旦〕〔倒科〕〔净〕自古道無事而戚謂之不祥、那一個劉娘子在此、有甚麽不好、没些巴臂、只管哭哭啼啼、如今愁出這場大

禍飲酒身死了[丑]老公公分付我收拾他尸首着人買棺安葬俺兩個不免擡他進去[淨][扶頭科]阿也這娘子瘦只好做水牛肉賣[丑]姐姐你醉了要新鮮五香麻辣醒酒酸湯喫一碗麼[淨]來來我和你伏事他多年也哭他一聲[丑]交我怎的哭[淨]你先哭[丑]高山頭上一枝梅含花蕋兒不曾開一朝西風來吹倒可惜妖嬈化作灰[笑科][淨笑]哭得好倒唱起

山歌來【丑】我哭不出你哭【淨】待我哭

【北江兒水】劉家女兒貪喫酒醉死了方才透若還煮起來好似糟猪肉那一塊擣不乾淨的難下只【合】只因一盞黃湯打碎無雙美玉【撞尸科】

【下】

第三十六齣

【西江月】【末上】一朶名花無價移栽上苑生香淺紅淡白弄春光綽約含嬌未放已被西風

憔悴、那堪夜雨凄凉可憐零落委山莊、虛度韶華一晌、自家爲何道這幾句言語、只爲先朝戶部尚書劉震、止有一女無雙、前年跟隨俺老公公到皇陵上打攙、近日朝廷把劉相公明正典刑、賜無雙藥酒自盡、可憐千般嬌媚、今日總成空、三載漂零、一朝成永別、玉骨氷肌、猛被瓊漿澆散、驚心蝶意、都教鵑狳摧殘、香魂杳杳、應投舊日深宮、月魄悠悠、怎覓故、園、歸、路。不、知、精、爽、落、何、處。疑、是、行、雲、秋、水、中。老公公憐他衣冠女子、可惜年少無辜、摠然不得附葬先陵、爭恐見他橫尸道路、因此上着小人買尸棺木、把無雙葬在山邊、冥、中、快、樂、只、疑、他、侍、從、諸、帝、神、遊、泉、路、凄、涼、敢、怕、也、感、戴、貴、人、恩、德、此間是長街市上、不知那一家有棺木、遠遠望見一個老兒來也、待俺問他一聲、〔小外〕

真是奇謀莫測

【水底魚兒】計巧謀奇，除非神鬼知。卑詞厚幣贖取尸首歸。（相見科）（末）老人家忙忙投那里去？（小外）老漢要投周公公府裡去。（末）老丈，俺便是周公公府中院子。你要見公公怎的？（小外）老漢有事相求，相煩引進則個。（末）你有話說與俺知道，替你用心。（小外哭）不瞞大哥說，老漢姓張，從小兒在劉尚書府中做祗候，近日不幸老相公伏法，只有女孩兒無雙小姐，又欽

藥酒死了。老漢一者思量老相公恩德，二者

哀憐小姐無辜，要與老公公求取尸首安葬。

又沒甚道路，只有祖上遺下明珠一顆，其價

十萬，只得將來贖取尸首，盡我老漢一點犬

馬報主之心。院公怎生可憐見與我引進，自

當重謝。末元來如此，虧殺你老人家，有緣有

分來得恰好。老公公正要小人買棺安葬，你

既到來，無有不允，只一件，小外怎的，末俺老

公公怕見閒人、你且在府門前少待、我自去稟覆他、小外 如此多謝、末虚下叫科 院子稟事、門外有個老兒是無雙親故、將明珠一顆、贖取尸首、請老公公鈞旨內應 珠兒不收、尸首着人擡出、好生安葬、末 且喜、老公公擡出尸首來、明珠不受、小外 外感承大哥照覷、何以為報、淨丑扮轎夫擡旦上

前腔 花樣嬌姿、無辜真可悲、今朝收葬、有緣得

遇伊、老兒、我兩個轎夫、扛擡一口死豬婆、與你回去、炒來喫時、你也與我一塊兒喫、末又道是人肉腥臊爭甚喫、淨你原來是知味君子、小外多謝厚恩、這顆明珠、就將來送與你、末老公公既不受、小人怎敢、你老人家將去變賣些衣衾之類、與無雙送終、小外恁的老漢大胆妝了、末你兩個好好地送尸首到太公家去、小外老漢自有轎夫在半路相等、不勞

遠送〔末〕

【好姐姐】念君是有義男兒心腸好不忘舊主〔我〕與你完成勝事何須受厚儀〔合〕尸贖取好覓佳城埋玉樹紅粉休教污土泥〔外〕

【前腔】念吾貧窮下俚一心要報酬恩惠荷蒙指引冥中也感謝伊〔淨丑〕

【前腔】念他少年美姿苦遭了命中不濟含冤横死旁人也淚垂〔合前〕

如遠岫浮青
自饒奕氣

末年少佳人罹橫禍、小外不忍見他尸暴露、淨丑得君贖取好安埋、合一似彭王遇欒布、

第三十七齣

生上哭唱

罵玉郎心上人兒掌上金、翻做波間月、海底針、紅顏皓齒暗消沉、沒回音、怨悠悠、血染羅襟、怕香骨怎禁、怕香骨、怎禁、怎禁雨打霜侵、怕芳魂怎尋、怕芳魂怎尋、度不得萬水千岑、猛拚棄此身同鴆早落得一處、早落得一處化爲雙蝶並

轉轉摺摺多少手神不獨辭之哀已也

宿花陰、自甘心也強如獨眠孤枕、斷腸處、盼不到藥宮椒寢、傷春未已復悲秋、欲採蘋花不自由、人面秪今何處在、不勝情怨下高樓、古押衙前日與我借去採蘋塞鴻明珠、前往使計、一月有餘並無音信回來、昨日入城打聽朝廷把劉尚書夫妻害了、差高品內官往皇陵上藥鴆其女、天天、想俺小姐一命難留古押衙空勞使計、小子也枉用痴心、眞個痛殺人

翠色堪滴

也

【前腔】憶昔嬉遊翰墨林、暗裏拋紅豆、打翠禽、雙雙拍手遶花陰、墜銀簪、有時節避暑溪潯、有時節對明月撫琴、對明月撫琴、有時節玩雪微吟、看紅顏翠襟、看紅顏翠襟、眞個是一對兒美玉精金、畫堂中往來無禁、你爹憐母惜、爹憐母惜、當時許下、偕老鴛衾、到如今用盡了百計千心、只落得淚珠兒羅衫濕浸、【小外】

衆

好偷手

北中呂粉蝶兒虎窟龍潭早歸來不將身陷把
嬌娥偷下林嵐生恰正無聊猛相看愁心頓減
小外管教伊愁上添歡搖手科悄低低怕有人
兒窺瞰生老丈且喜回來了無雙的事如何小
外好交你歡喜無雙小姐已被俺偷出來了
生老丈休哄我小生昨日聞得劉尚書與夫
人受害無雙藥死在皇陵上你那里取得他
來小外

繪英雄本色
字字逼真

醉春風你聽我道則爲你藍橋夜燈月盟、漢宮秋雲雨擔小心兒荒山迢遞來尋俺、引動咱鐵石心腸咬抹却英雄氣槩都做了偷香俏膽、生是累及老丈了、却怎的用計小外

迎仙客打聽的神仙客在茅嵓買靈丹、採幽險、把香醪相和染、生買下仙丹如何、小外又寫下鳳詔鸞緘把筆尖兒弄出刀頭險、生假詔書已戍着那個送到皇陵上去、小外

【石榴花】風流擔子倩誰擔把如花少女假粧男【生】採蘋去粧內臣、【小外】說尚書夫婦的並斬、賜佳人寬典、藥酒身殲、猛拚生向陵宮贖取尸骸殮、【生】怎的取得尸首出來、【小外】仗蘇張一味言甜、把明珠美玉同時賺、則俺這瞞天大謊有誰參、【生】尸首贖出來了、怎的救他活、【小外】三日後便還魂也、

【上小樓】輕開瓢犀牙領畧把青羊乳點管取氣

花酣字何等艷目

妙甚

轉丹田魄返泥丸喚醒花酣【生】如今小姐在那里怎的不送來【小外】待日落山銜人到茅菴請君看驗舊龐兒可曾清減么銷注了婚姻簿填平了相思坎重勻粉面重掃眉尖重效鶼鶼你看今夜裏呵捲疎簾月纖纖江梅冉冉則凡的三春佳景一宵兒都占【生】俺夫婦同住在此不妨麼【小外】

【小梁州】你真個色胆如天憶態憨出語腌臢危

以上直直叙来真有一副豪俠肝腸在筆尖兒上吐

機只在眼下未曾諳休貪濫形迹早藏潛【生】小生也要去只怕行裝未備【小外】老夫今朝替你把行裝斂明日裡早上征驂莫留淹須果敢偷生逃命遇人處凡事要包含【生】此去打從潼關過須要文憑看【小外】文憑我已做下了你收着【外與文憑科】

【朝天子】這文憑一函由他對勘千人百眼遮教暗機心用盡方自斂深恩已報無拖欠了却寃

牽今宵放胆睡夢兒也息了心念拂青衫掉虱髯、從今去、不受塵埃纜、〔外〕欲下〔生〕扯住〔科〕老丈你撇了我、待投那里去、〔小外〕秀才、我雲海間人豈戀戀于此山中者、特以秀才深恩未報、不忍舍去、今日大事已畢、吾願足矣、只此告辭、〔生〕老丈去意已决、小生不敢曲留、且少坐片時、有話拜禀、〔外坐〕〔生跪白〕小生伉儷乖離、此生無復相見之理、得老丈萬死一生、成就

好事使德言之破鏡復合崔護之桃花再開
粉骨碎身何可報答小生有明珠一粒昔日
老丈借去贖尸之物今日聊奉左右以表犬
馬之私〔外〕秀才是何言也老夫雖一介武夫
棄勢利如浮雲嗜信義如飢渴所以爲郎君
出死力者感知巳之恩少酧其萬一今受此
物乃輕生圖利市井之不若矣決不敢受〔生〕
老丈豈不聞聶政不辭仲子之壽荆軻不郄

燕丹之金、古人雖不爲利、其交以道、亦所不辭、况今日之事、乃以德報德、何利之有、[外]秀才誤矣、昔漂母哀王孫而進食、尚惡厚報之言、漁父念子胥而引渡、猶伏酧恩之劍、老夫何爲而反不若二人乎、所重者、郎君一點敬心、所愛者、平生得遇知巳、區區夜光之珠、何足道哉、[生]老丈固非謀利之人、在小子可乏報恩之禮、果若不受、豈能自安、倘念久交之義姑受此珠以慰寸心何如〔外〕拔劍欲自刎〔科〕〔生〕抱住白老丈何故如此驚死我也〔外〕老夫自傷衰朽不能使交游明吾此心不如死之爲愈〔生〕小生一時感激之言有犯義士望乞恕罪〔外〕

〔煞尾〕當日在茅山仙子親留俺無奈他塵緣擾賺冷落了雲岩回頭猿鶴也羞慚爲君受了多磨劙尋師去覓丹方好戀世空勞白髮添此去

心無忝一任他春波拍拍烟島尖尖【外下】【生呈

塲】賢哉古押衙爲小生知巳之故奮不顧身取出小姐來又替我做下文憑整頓衣裝車馬擺列門外着我遠去逃命這恩德分明是再生父母贈他明珠又不肯受連自家的田宅也棄下飄然而去果然一世之高士也小姐巳送在門外採蘋你且扶他在裏面去待我趕上押衙送他十里再回正是感恩不覺

言詞切、仗義誰如俠士高【下】

第三十八齣【聞赦】

【淨扮大理寺官上】

【光光乍】昨日下金鷄、銜出紫泥書、渙汗天恩天下知、特來與故人賀喜、下官乃大理寺官、昨日聖上郊天大赦、一應有罪人犯、不拘大小、巳發覺未發覺、巳結正未結正、盡皆赦除、俺這獄中有尚書劉震、下官一向與他相處、不免去報個喜信、此處是牢門外、待我叫他一聲、

劉相公有麼、外

金蕉葉 三年受灾這寃枉腹撑懷、有一日天恩下來、洗清了業山苦海、相見科 淨 相公賀喜賀喜 外 何喜可賀、淨 昨日朝廷郊天赦下、一應有職官員、罪無大小、咸赦除之、相公已得脫放、着你西川安置、今日到午門謝恩、下官聞此一信、特來拜賀、就請出獄、外 元來如此、下官罪惡深重、荷蒙聖上寬恩、實出望外、只是爻受大理相公厚恩、不能相舍、[淨]你若不舍得我、請在此再住三五年去未遲、[外]休笑話、其實無恩可報、[淨]我再交你歡喜䏻者聖上放出宮女三百餘人、年紀三十以上者、盡得出宮、你老夫人想是也出來了、若要問信只在午門外廂尋問、[外]若得如此、幸中得幸、

[淨]

[劉鍬兒]你爲人忠直神明鑒、神明怎肯把你屈

安排休將別人怪是你命該〔合〕天般大災今朝盡解不致喪身虛驚何害〔外〕

〔前腔〕三年牢獄牽冤債容顏變盡語音乖今日得寬貸如花再開〔合前〕〔淨〕

〔前腔〕你是閻王手裏親揀退尖刀頭上奪囘來留得口兒在有酒多吞幾盃〔合前〕〔外〕

〔前腔〕皇恩浩蕩寬如海小臣迷亂合誅裁今日赦臣罪不勝感懷〔合前〕〔淨〕小子告別了你快夫

午門外尋取老夫人[外]多謝相公[净]不因漁父引[外]怎得見波濤[並下]

第三十九齣 [藥醒]

[末貼扶旦尸首上]用盡英雄計尋將窈窕娘若還得重活始驗有仙友小姐尸首已送在此且把來安頓在牀上解元待送了古押衙回來如法救治道由未了解元早來[生]

[醉落魄]姻緣有分休貪早時來到自然合轃千

般巧誰信憂愁直到這回消採蘋小姐扶在那

里貼在牀上臥着末告官人小姐死已三日

敢怕救不活貼莫不眞個難救那押衙因此

逃去了生你們休疑心他是義士怎肯哄人

那仙方明白說喫藥三日方才得活三日了

理合救他貼官人你甚本事救他生他已囑

付我了把青羊乳滴入口中自然甦醒轉來

末事不宜遲請官人動手生滴乳旦舒手科

如畫

驚疑不定真如夢裡

【生】好了好了。小姐甦醒【旦】

【集賢賓】陰陰一去無分曉。香魂艷魄飄飄。驀地雙睛閃開了。是誰扶【生】小姐。是小生王仙客【旦】是誰相靠【貼】是妾身採蘋【末】小姐開閨着【夫】又是誰廝叫【末】是小人塞鴻【旦】你們怎的都到這里。莫不是夢魂顛倒。事輳巧。親骨肉一齊都到。【生扶旦坐科】【旦】

【前腔】金樽御酒催人老。我只道當時玉碎花銷

搯神

重臨陽世真難料、敢則是仙方相療、宮闈深杳

甚計策、脫身出來了、【生笑科】是揷翅飛出來的

【旦搖手】低聲告我耳邊廂、怎禁聒噪【生】小姐

請坐、待我仔細告訴、

【鶯啼序】驛中錦字說根苗【旦】曾尋得古押衙麼

【生】押衙隱在荒郊、改衣裝、與塞鴻同造、輸心

做盡卑小、【旦】見他曾告訴來、【生】經一年交結知

心、到近日方談分曉、【旦】他肯也不肯、【生】他聽說

了只低頭暗中計較〔旦〕他用甚計策〔貼〕
〔前腔〕他去茅山買得續命膠他又假傳聖旨一
道〔旦〕那個替他送去〔貼〕把採蘋粧做官僚當時
交妾身賫奉聖旨到皇陵上開讀道尚書已
行誅剿〔旦〕元來詔書是假的那賫詔的正是你
〔貼〕賜多嬌藥酒一樽把玉山等閑推倒〔旦〕旣
然藥死了我怎的取得尸首出來〔貼〕那古押
衙可果是豪傑手段他又粧村老把明珠賺

尸首擡離陵廟【旦】難得難得、只聞古押衙之名果然有這般好計、他如今在那里、解元、我和你、不可忘了、此人、待我將息一會、就去拜謝他、【生】只恨他不在此了、【旦】為何不在此、【末】聽小人說、

【琥珀猫兒墜】英雄義士、施恩不求報、他又具下行裝與金寶教伊夫婦去他鄉好、【旦】解元、曾送東西、謝他麼、【生】曾把明珠送他【末】不要、一時

裏別却東人、採藥求道。〔生〕〔旦〕

〔前腔〕我和你姻緣斷絕，今生永無冀得他巧計奇謀，成就了恩如山海，將何報。〔合〕堪笑自古來好事多磨，到底諧老。〔合〕

〔畫眉不盡〕不枉濟時豪，萬死忘身報故交，到頭不受財和寶，轉見山林手段高。

〔生〕烈士真堪託死生，〔旦〕殺身無可報深恩。

〔合〕輕將換日偷天手，成就孤眠獨宿人。

第四十齣　會內　外上

【一剪梅】孤身何幸脫樊籠、兩鬢飛蓬、半世漂蓬、聞知鳳侶別深宮、今日難逢、何處相逢、聞知退出宮女、多在午門外朝房下等親戚、不免向那里問一回、夫上

【前腔】殿前辭別感恩濃、身出宮中、心在家中、出門尋訪沒人逢、骨肉無蹤、故苑迷蹤、老身一向宮中閒住、孩兒又差出了、好生寂寞、今日幸

雨紅字亦雋

遇新天子即位宫女三十歲已上者盡都放出老身蒙恩得脱争柰丈夫監禁家業漂零没有安身之處怎生是好呀那來的好似我相公【外】起呀你正是我夫人【合】

【黄鶯尾】三載苦漂蓬又誰知此地逢莫非神物來相送對面無言淚雨紅夫人且喜得脱【夫】相公爲何也得跡放【外】下官遇天恩大赦放出牢中一應財產仍前給還着俺戍都府安置

愁腸可掬

聞知夫人出來特來尋訪【夫】相公一向在牢
內怎生度日【外】夫人聽訴
【大聖樂】孤身日暮途窮鎮長愁一命終幸刑官
念我含冤痛朝夕裡好看供餘生得脫君恩重
結髮誰知此地逢【合】重歡共淒涼骨肉相對如
夢【外】夫人一向宮中怎生過活【夫】
【前腔】昭陽寂寞春風鎖眉尖恨萬重正衰年難
受朝參寵只落得山枕上淚痕濃羞將白髮金

篦攏悶把菱花照病容【合前】王仙客不知在何
處、相公曾知道麼【外】下官也不知道、
【八聲甘州】風流俊種自當日遭亂、杳沒回蹤江
湖流落、不審存亡行動衣裝齎去投何處、發策
還來獻九重、【合】想應他孤苦、有信難通、【外】夫人、
女孩兒怎生不見、【夫】相公還不知哩、女孩兒
差出多時了、【外】差往那里去了、【夫】
【前腔】又提起、交人心痛、念嬌痴少女、久別深宮、

音調琅琅更悽然有感

九重差去遠作皇陵供奉別來三見春風柳盼斷千行上苑鴻〔外〕元來女孩兒差在皇陵上去了苦不知怎麼樣兒夫人下官已僱行李與夫人同下西川就請登程〔夫〕相公請了

〔外〕自傷夫婦久飄零〔夫〕此日相逢聚舊盟

〔合〕但願平安下三蜀　春風依舊錦宮城

第四十一齣　〔珠雙〕

〔生上〕

〔薄倖〕脂粉魔消烟花債了謝東風爲我扯開愁

好

嫩約字妙

網覷玉人如畫俏魂飛蕩【旦】初相向悄低首背燈無語渾未脫漢宮嬌樣【清平樂】【生】漢宮眉小一別三秋杳【旦】握手相看偷眼笑説盡相思苦惱【合】可憐百樣艱難方諧一對姻緣不是靈橋烏鵲如何得見嬋娟【生】小姐我和你兩點芳心百年嫩約指望陽臺會雲雨誰料平地起風波椒房寂寞冷繫臂之紅綃芸館淒涼閒畫眉之妙手【旦】解元我和你惜好花之

無主。歎明月之名。天不如上林蜂蝶。猶解雙飛。一似絶塞鴈鴻。自傷孤影。[生]驛亭空撥琵琶絃鸞膠未續藍橋便是神仙宅瓊液難嘗悵紅葉之空題望鸞車而永泣自謂今身緣已斷豈料夙世再相逢斯豈人爲若有神助[旦]義士施偷天之計郎君秉介石之心紅綃託磨勒以得脫誰言鐵壁銅墻執拂因衛公而遠尋信是龍興雲萃苦盡囘甘章臺之柳未折苑中得活崔氏之桃再開生從今重整侯宅之綺羅乍改內家之粧束草草盃盤敢辭野合匆匆花燭便訴山盟旦假饒蟾遮桂擁等閑飛出廣寒宮只恐燕妒鶯猜好覓一枝深穩宿合正是欲諧一對百年好怎怕千山萬水行生

江頭金桂想那日綺窓偷望翻做深宮兩下狂那更驛庭留恨香車傳想好姻緣惡磨障那寃

如注如訴句字都妙

他也何由知你裙腰

家不磨淨怎見心腸死生難放好似藍橋玉杵搗盡玄霜玄霜搗成願始償試向燈前細看向燈前細看雲英形狀轉風光眞個巧笑如花面長蛾宮樣粧〔旦〕

〔前腔〕我和你是鴈行兩兩又結下于飛效鳳凰猛被揭天風浪打散鴛鴦苦相思怎相傍受多少春怨秋傷綠惆紅悵好似西廂月下目斷東墻東墻月滿始見郎你把我裙腰試扣裙腰試

光景逼真

护也不似舊時模樣減容光眞個病入宮腰小
愁隨繡帶長【生】
【前腔】我只道烟迷霧漲又誰知雲開月再朗我
有雲愁雨怨萬種思量待相逢盡說向相逢了
一笑都忘兩情搖蕩好似倩娘香魂夜逐輕航
恍惚猶疑春夢忙漸相偎話舊相偎話舊眞成
歡賞謝仙方始信續斷多靈藥還魂有鈔香【旦】
【前腔】可憐我椿萱凋喪那更故園桑梓荒留下

柔枝嫩蘂兩處飄颻、喜今朝花再芳、解元只恐漏洩春光。鶯猜蝶嚷。生 小姐不須憂慮押衙已分付、我與你逃入他鄉便了、旦 便做楊家紅拂。改換衣裝。密跡潛踪出帝鄉。向山林深處。山林深處。避些波浪。永成雙。莫負神明力、難將義士忘。生 小姐你且說、咱們今日相逢、是誰的氣力、旦 適來說起、都是古押衙的機謀、生 這個不必說、還有一個、旦 敢是秣蘋、他曾冒死賚

淡而妙

詔、不可謂無功、生不是、旦敢是塞鴻、他曾跟採蘋也是用力之人、生也不是、旦其外更没有誰、生小姐、我和你遭此大禍、小生監押行裝、小姐羈留京國、若非明珠來意、怎能勾兩下相思、後來在驛路相逢、小生目斷東墻、小姐獨眠孤館、若非明珠寄恨、怎能勾兩下厮見、更兼貫求義士、贖取香軀、皆明珠之功、不可忘也、旦正説得是、我前日臨別與你的珠兒何在、生取珠科在此巾上、你留下那一顆珠兒安在、旦在此囊中、兩人各出珠看科旦咳、仔細看來、事豈偶然、莫非前定、非關明珠成就之功、皆是神明護持之力、生

羅鼓令小姐、你看輕盈夜光長、在佳人掌、分飛兩行又、逐人漂蕩、只道洛浦音沉、塵埃無望、謝穹蒼、人珠兩下都相傍、今宵不負團圓。相光輝依舊照華堂。合、姻緣不斷天、教再雙堅心厮守

畫

承無散場從教醫却相思瘴明珠端的是良方

旦

前腔寄恨傳情引得人魂颺結尾收梢成就人歡賞誰料寸珠功勞千樣共仙郎今宵重得同鴛帳

生

千金一刻休輕漾莫教花影轉廻廊小姐夜深了請睡了罷

旦

回身含羞無語背却燭光芳心無主笑入洞房從今勾却相思帳明珠端的賽紅娘

生

誤入蓬萊喜欲狂

旦

羞將嬌

何謙西廂妙

到此不由他不動情

體付檀郎、合始知仙客真仙子、合喚無雙作有雙、生携燈旦吹滅下貼上張科

【解袍歌】沒來由擔萬死、爲他尋訪、却把俺美前程、一旦都搶、俺這里忍酸含苦忙偷眼、他那里悄低頭把訕臉沒處遮藏、只見他一個強鬆摟帶、一個軟貼綉䩠、一個眉頭半皺、一個心性忒荒、只聽得枕邊棹下金釵響、流蘇戰、鳳枕忺、斜舒玉臂抱檀郎、奴把今宵樂權讓了前世娘、明

朝依舊上奴粧、[下]末上

[前腔]我雖是個驢前厮養、論風月、也滿意思量、為甚麽擔驚受怕相依傍、只圖個好時節、拖帶風光、官人呵你却喫一看兩、我便食不下腸、你却綉幃香暖、我便凍得半僵、思量情理忒無狀、衾兒薄、夜又長、怎生捱得這凄凉、俺猶自可、他怎當、可憐熬殺小梅香、[生執旦手旦穿衣上]

[生]兩邉心事未全降、[旦]萬種相思此夜償、[合]

怨而不怨最善形容

何等婉轉却是真情妙絶

最是五更留不住、向人頭上着衣裳【貼上】你兩個只好這般了、【末】衙鼓發擂了也、請官人小姐早行、【旦】我和你投那里去好、【生】有兩條路、一頭是鄧州故鄉、那里有幾家故舊、最好藏躲、一頭是西川成都府、那里有幾個親戚、也好安身、塞鴻、却是投那里去好、【末】告官人、襄陽是大路、官員往來、被人識破、不可去、成都府是水路、船上去、隱僻些、更兼離京城窎

遠官司追究不到那里最好去貼只一作此去須打從潼關過要文憑看驗方才去得生不妨古押衙已替俺做下也旦事不宜遲隨即便行生

玉山頹東方未朗趂人稀離却草堂料天邊只有殘月知心想山中猿鶴也悒怏末山花風蕩柳梢頭露沾羅幌合只怕人來往自心荒驟聞啼鳥也彷徨旦

【前腔】梳粧鹵莽避人時少貼花黃虔垂楊怕有鶯猜掩芳林不容花放【貼】把蛾眉重隴巧做出村莊模樣【合】雲雨初歡賞又風霜乖花洞口也笑人忙○【合】

【十二時】錦江萬里風濤壯為恩愛要尋個扁舟重上但願四口兒平安免禍殃

【生】改換衣裝出帝都　【旦】管教瞞過把關徒

貼這回好向臨邛去　【合】尋取文君舊酒壚

臨末數語直入真境妙絶

第四十二齣相逢　外夫上

六幺令夫妻完聚荷天恩安置巴西只愁年老怯崎嶇禁不得惡滋味何時安妥全家會全家會夫人此處潼關須要盤問夫關上有人來也

淨丑金城圍日月玉壘壓函秦你兩個是甚麽人外下官原任京官蒙恩差往四川安置淨將文憑來看外遞文憑科淨敢是假的麽怎生没有脚力人夫外下官是有罪人犯不

該有、[丑]過關錢在那里、[外]一時不曾准偹、[淨]兄弟、他做官的、休要他錢、[丑]哥哥、他是做官的、最會查錢、今日老爺也查他幾文、[淨]休胡說、放他過去、當權若不行方便、如入寶山空手回、[淨丑下][夫外合]

[前腔]前臨渭水、歎前途蜀道艱危杜鵑處處向人啼、念骨肉動鄉思夢魂日夜京華裡、京華裡

生旦末貼上

前腔偷天巧計，與完成一對夫妻，潛踪密跡到關西，關法緊，怎瞞伊，萬般只靠蒼天庇，蒼天庇，塞鴻此處是潼關了，有把關軍士，怎生瞞得過，旦貼只說村庄夫婦下鄉種田的，末但放心，小人自會荅應，淨丑扮軍士上重關千里固，一日萬人過，你四個男女，荒荒忙忙，投那里去，敢是拐帶良家女子，生旦貼荒科末告壯士，我夫妻四口兒，長安人氏，有幾畝荒田在潼關外、春天到來、下鄉揷蒔、[淨]胡說、不像個粧家模樣、[丑]哥哥不要管他、只討文憑看便了、[生]與文憑[淨]這文憑有官府印信、果是眞的、放他過去、[丑]留下一個好女子與咱門做過關錢、[末]休取笑、過關錢一百文在此、[淨][丑取錢科]快走快走、得放手時須放手、得饒人處且饒人、[淨丑下][生]小姐、險些兒被他看破了、[旦][貼]且喜沒事、[末]覆官人過了潼關前

而便是渭水。覓個船兒度入川江去。【旦】你快叫船。【合】

【前腔】函關脫離。又何須狗盜雞啼。饒伊盤問怎生知。參不透這禪機。安流逕往巴江去。巴江去。

【淨扮船家上】小人喚做張稍。使船快似潑風刀。也曾隨風倒舵。也曾急水留篙。昨日忒不小心。飛渡川江大潮。一翻翻了船兒。直跌下水晶宮裏遊遨。龍王留我喫酒。百般海味烹庵臨別差鼈相公相送贈我一領龍袍小子再三不受[末收]怎的不受[淨]我道你且留在下遭[末]你那船家姓甚麼[淨相見科]小人張梢[末]張梢我四個人要過川江去顧你的船[淨]你出多少錢[末]與你五十貫[淨]川江裏白浪掀天我把性命博你五十不去不去[末]再添你五十貫[淨]恁的搬下行李來[末]官人來也[生旦貼上]

倩句

長相早離郗潼關渭堤又來到錦江春水看傷心景色傷心景色萬里波濤腸斷深閨三峽啼猿淚濕羅衣【合】從今去各保安居無口舌免災危【淨做搖船並下】【丑扮船家上】小人喚做李航撐船真個高強不用蓬檣貓纜順風吹過長江昨夜溜到天河那畔正見織女當窗他喜歡小子標致攜手共入蘭房便請脫下簑衣箬笠務死共效鸞鳳小子再四不肯【外】怎的

愈真愈淡愈淡愈佳

不肯、[丑]我怕那牽牛郎要爭光、[外]船家你姓甚麼[丑]相見科相公小人是李航、[外]夫我兩個要度川江、你肯去麽、[丑]你出二百貫錢載去、[外]夫與你六十貫、[丑]不濟事一千里路好一搖哩、不去不去、[外]添你四十貫、[丑]恁的請相公夫人下船、[外]夫

[前腔]正衰年寸步怕移、怎柰何跋涉路岐、歎人生可悲人生可悲、回首鄉關霧靄低迷、痛憶親

天然姿態

人拆散東西〔合前〕〔净撑船生旦貼末上〕

〔前腔〕心頭事怕人得知眉頭恨今日暫舒與佳人共攜佳人共攜覓得扁舟載取西施賣酒臨邛學取相如〔合前〕〔外夫〕

〔前腔〕渡關河、風霜慘悽望巴蜀烟樹參差孤身萬死餘孤身萬死餘留得殘年感謝神祇便受辛勤怎敢嗟咨〔合前〕〔净丑做撞船科〕〔丑〕阿也、不好了、撞壞我的船了〔净〕南無平心佛自家的

會得都沒關
月

俚語用得恰
合便是點鐵

没事由他歇丑扯淨科你那里去賠我船來
淨你這廝要惹老爹和你打個番江滚到底
沉相打科外喝不要動手我的船真個漏了
夫那船上救人生旦救了那兩個老人家夫
外跳科生那兩個不是我劉相公夫人麽外
夫你兩個原來正是仙客無雙衆抱哭唱
山羊尾幾年間東飄西徙今日裏天教重會大
海船頭果有相撞時相見科外賢壻我一旦繁

成金

華遇亂離三年骨肉各分飛奸謀陷入天牢內遇赦差來錦水西[夫]孩兒垂老深宮別嬌女獨宿孤房淚如雨自憐青鏡舞鸞空誰料金鷄銜赦喜[生]舅妗虧他金吾哀念同宗人贈妾求官感厚恩夜深古驛千行淚日落危橋兩斷魂[旦]爹媽我玉顏甘作望陵土忽傳藥酒催人苦押衙假詔贖奴尸又得重生遇夫主[貼]夫人我匆匆逃命在王家奉事才郎

語句淺近情意自真

度歲華，曾粧內使探虎穴，等閑偷出上林花，【末】相公，我販繒重上長安道，長念主人恩德好。【合】今日相逢非偶然，萬苦千愁說不了。【外】

【鷹過沙】三年苦分離，兩邊心牽繫，自甘相見黃泉裏。誰指望生前會皇都邂逅逢妻室。【合】又向巴江，得逢兒婿，得逢兒婿。【夫】

【前腔】深宮淚偷垂，全家知何地，只愁玉向皇陵碎。喜合浦珠還媚，藍田種璧雙雙美。【合前】【生】

【前腔】身將薄宦羈心懸浮雲際渭陽舊愛難拋棄謝神力重提起到頭終作東牀壻【合】又向巴江二親重會二親重會【旦】

前腔憔瘦玉顏摧凄凉花宮閑此身得脱眞天意縱然是諧連理還把萱花椿樹紀【合前】【貼】

【淘沙犯】莫道丫鬟心膽微也曾探虎口時偷把上林春色寄身投新主知心思故主義【末】遭亂也報恩遲喜相逢再隨給使試看梁燕歸來意

情景極真令人叫絕

還向舊家飛外豪華都逐水向西慢望斷荒涼
地添憭悽夫相逢處且解愁眉莫歎故園非故
園有路也難歸生
一撮棹而相覷心中自疑各天涯怎生得便相
隨旦恍然似夢中相對如癡外夫銀燈下中宵
不成寐萬種心中事欲言還自止只落得感舊
淚沾衣合
意不盡同冊去鼓棹回向錦城暫時棲止何日

安流返帝畿

外零落殘竟倍黯然　生客中相見客中憐

夫旦此情可待成追憶　合血淚染成紅杜鵑

第四十三齣　賓詔　丑上

荷葉鋪水面承聖旨到蜀中蜀中花柳春正融

萬紫千紅淨末看游人夾道逢錦江水通畫船

似龍繡閣朱簾十里香風太平時樂事濃下官

王遂中便是姪兒王仙客去年壽取古押衙

偷得無雙出宮更兼劉尚書蒙恩赦罷老夫人年老放出夫妻子母一家完聚其實難得况古押衙之忠義皆不可不表下官特草一道表章奏達天顔且喜朝廷降下詔書着下官親齎往四川開讀加官進職此處是成都府了左右的我要翫賞錦城佳景慢慢的行[淨末]領鈞旨[小外]塵心未斷俗縁在十里下山空月明小道古押衙的是也前者替王仙

客成了這樁事跟隨師父入茅山隱居近日

且喜朝廷降下詔書加封上面也帶小道名

字。因此稟知師父下山走一遭。來的便是王

將軍也。待我撞入節中。看他認得我麽。撞科

淨末拿住告相公。一個道士犯了節鉞。丑拿

過來上前科丑咄你那道士何處人小外

北南宮煞道人何處來。家住青山側。乘風辭上

界跨鶴下塵埃丑你怎的不見俺的節鉞外從

來兩眼空滄海慣看王母神仙仗那見你凡夫
使節來〔丑〕怎的不跪〔外〕念教咱跪拜我那一雙
兒鐵膝曾踏金堦〔丑〕你曾踏金堦想也曾做官
你正是何人有些面善一時思想不起〔小外〕
小道古洪的便是〔丑拜科〕元來正是古押衙
別來數載不想這般高致王仙客的事朝廷
已知道了差下官褒封他一家〔小外〕荷蒙金
吾提挈與他成就好事〔丑〕告押衙朝廷賜你

一道號、你肯受麼、小外天子所賜、小道怎敢不受、既如此左右的去請劉尚書一家到此聽宣讀、淨末諾傳他天使命、去請故官來、外

夫

生聲聲謾他鄉聚首故園牽情終宵夢入京都、旦晝眉窓下忽聞天使傳呼、貼末聞說皇恩遠降想大家重沐恩波、合漸舊怨把愁懷再展、再展雙蛾、相見科玉樓春外拜幾年含怨三巴路、

丑拜今日相逢千載遇、小外稽首羡君伉儷
復諧時生旦拜此是英雄提挈處、貼只愁年
少川中過末誰料春風天外度、合從今骨肉
再團圓、更整行裝返故鄉、丑聖旨已到跪聽
宣讀、皇帝詔曰、朕惟明如日月、薄蝕尚侵、信
若四時、寒暑或爽、况天下之大、豈能無寃民、
惟在上之人、當速爲洗雪、適者金吾大將軍
王遂中、奏稱前戶部尚書租庸使劉震、言必

奉聖旨處多蹈襲如此暗昧之事如何也奉聖旨不該不該

指佞，難不忘君屈原乃過于忠冶長實非其罪。朕之不察，卿乎何尤。其妻周氏，相夫有先見之明，流光彤史，入宮無不舉之職，作則椒房，其壻王仙客，家學不忝鳳毛，居官紳有鴻績，初居纖輔，効戴星之勞，繼隱林泉，存韜光之節，其女劉氏，淑慎爾儀，清白其操，有司近糾其逃義，朕心實憐其無辜，茲四人者，雖經解網之餘，未獲囘光之照，今特赦前罪，劉震可復原任、特進金紫光祿大夫上柱國、崔氏加封一品夫人、王仙客仍任富平縣尹、劉氏赦免所犯、給夫完聚、押衙古洪不從奸相之謀、見機而作、力圖知己之報、出奇無窮、蓋有古烈士之風、不愧隱君子之操、賜號通靈玄妙先生、丞相盧杞、狂謀召亂、巧飾誣忠、實爲心膂之奸、豈堪股肱之寄、削奪官爵、貶爲遠州司馬、嗚呼、斯人既有殊能、在朕可無曲赦、

諒黜陟之惟允見照臨之無私服此休嘉以
圖後欵謝恩衆萬歲萬歲萬萬歲外
山花子微臣自分歸黄土誰知重沐恩波悵衰
羸難登宦途餘生甘老江湖合歎全家同挂網
羅飄零幾處身世孤今朝衣錦還舊都總是神
明暗裏相扶夫
前腔金釵墜地辭天府回頭故苑蓁蕪論繁華
烟消水枯歸來雪鬢蕭踈合前

前腔書生小可色膽如天大偷香情狀高麼喜
金雞銜出鳳書不驚燕侶鸞鴛合前旦
前腔潛形蜀都暫且逃危禍含羞掩面當壚荷
君展清波把枯魚喚甦恩山義海難磨合前貼
大和佛自別朱樓五載多纖腰舞態疎舊家弦
管只有鳥聲歌對主自啼呼末前程今日方結
果看龍章鳳帔辛苦換來麼外夫早知今日受
榮華爭似我當初免受千般挫末須知道好事

從來要多磨要多磨【小外】

【舞霓裳】爲人忙處受風波受風波不如歸臥碧山阿碧山阿世事都看破【丑】恢恢天網難逃躲問昔日奸臣今日存無【合】萬事平心做順天理到底終須脫危禍【合】

【紅綉鞋】錦城花榔婆娑婆娑蜀江春水烟波烟波整歸棹返皇都朝玉殿訪雲蘿親骨肉永歡娛【合】

【意不盡】東吳才子多風度，撮俏拈芳入艷歌。錦片也似麗情傳萬古。

【外】金谷銅駝非故鄉　【夫】歸心日夜憶咸陽

【生】三年奔走荒山道　【旦】一旦悲歡見孟光

【貼】遊說尚憑三寸舌　【丑】江流曲似九廻腸

【外】相逢盡道休官去　【合】不逐東風上下狂

錦片風情萬古傳　詞場若個敢爭先

莫嫌彩筆吟花柳　我是攀花第一仙

ISBN 978-7-5010-7365-8

9 787501 073658 >

定價：145.00圓